ÉPITHALAME

Chant d'amour

Jean de Saint-Samson

ÉPITHALAME
Chant d'amour

Transcription moderne
et présentation par Jean Perrin

Éditions du Seuil

ISBN 2-02-030898-3

I

Présentation

par Jean Perrin

I. L'auteur de l'« Épithalame » : Jean du Moulin, dit Jean de Saint-Samson (1571-1636), carme

Notre projet étant avant tout de présenter une œuvre mystique appelée l'*Épithalame*, qui nous semble avoir été trop méconnue jusqu'à ce jour, nous devons à nos lecteurs de commencer par leur donner un court résumé de la biographie de son auteur.

Il s'appelait Jean du Moulin, et il est né à Sens dans les derniers jours de décembre 1571, sans que l'on puisse préciser davantage la date.

A l'âge de trois ans, il perdit la vue, des suites de la petite vérole et d'un traitement qui n'avait fait qu'empirer le mal. Malgré son infirmité, il put suivre une scolarité à peu près normale et fut, dès son jeune âge, initié à la musique, spécialement pour jouer de l'épinette et de l'orgue. Rapidement, il apprit le latin et reçut une formation littéraire aux belles-lettres.

Vers sa dixième année, il perdit successivement son père et sa mère, et fut pris en charge par son oncle maternel Zacharie d'Aiz, qui vivait également à Sens. A douze ans, il était déjà assez avancé pour toucher l'orgue, au point qu'il devint organiste de l'église Saint-Pierre-le-Rond et de celle des Jacobins. Il donnait même des concerts dans la ville de Sens, ce qui lui permettait d'exercer ses talents grâce aux nombreux instruments dont il jouait avec beaucoup d'aisance.

Ce fut une courte période, un peu frivole, de sa vie. Nous savons qu'il fut très vite séduit par la lecture d'œuvres spirituelles, telles que l'*Imitation de Jésus-Christ*, et qu'il commença à se retirer des fréquentations mondaines de son entourage. En réalité, nous ne savons rien de précis sur ses années d'adolescence jusqu'à l'année 1600, où il arrive à Paris. Il demeure alors chez son frère Jean-Baptiste, près de l'église Saint-Eustache. Mais Jean-Baptiste et son épouse décèdent l'un après l'autre au début de l'année 1601.

Jean du Moulin est recueilli par monsieur de Montdidier, qui habite provisoirement près de Notre-Dame de Paris. Habituellement, il réside à Abbeville en Picardie, car c'est un religieux, prieur des chanoines réguliers de Saint-Augustin. Monsieur de Montdidier lui a bien offert une chambre, mais il oublie souvent de lui en donner la clé. Aussi le jeune aveugle passe-t-il toutes ses journées dans les églises pour s'abriter et méditer pendant de longues heures de prière.

Lorsque son logeur décide de regagner Abbeville, Jean du Moulin refuse de le suivre et trouve un nouveau logement chez un épicier proche du couvent des Carmes de la place Maubert, au bas de la rue qui monte à Saint-Étienne-du-Mont. Il ne cessera désormais de fréquenter leur église, tout en parcourant Paris pour trouver sa nourriture, mais plus encore pour recevoir les conseils des guides spirituels dont il entendait parler.

Le 21 janvier 1604, Jean du Moulin s'enhardit pour demander à un jeune frère carme, appelé Matthieu Pinault, la permission de jouer de l'orgue à la grand-messe. Ce fut le début d'une amitié spirituelle qui devait se prolonger et changer la vie de Jean du Moulin. En fait, c'est lui, simple laïc aveugle et sans grande formation, en particulier théologique, qui devient le maître spirituel du frère Matthieu Pinault et d'un cercle de disciples formé autour de lui.

Finalement, en 1606, Jean du Moulin confie à Matthieu Pinault son désir d'entrer dans la famille des Carmes et, si possible, d'être admis au couvent de Dol-de-Bretagne, réputé pour sa pauvreté. Sa demande est admise et, à trente-cinq ans, il arrive au couvent de Dol comme simple frère lai (laïque), sans espérance d'accéder un jour à la prêtrise, à cause de sa cécité. Il doit faire son noviciat, mais sans maître des novices, livré à lui-même ou, plutôt, sous la seule conduite de Dieu. A sa prise de l'habit religieux, il doit choisir un nom de religion : à son prénom de baptême, il ajoute le nom du premier évêque de Dol, et c'est ainsi qu'il devient Jean de Saint-Samson.

La mauvaise réputation du couvent de Dol n'était pas surfaite, et Jean de Saint-Samson s'en aperçoit rapidement : il connaît les épreuves de la maladie, de la sous-alimentation, de l'extrême pauvreté du couvent, de l'air insalubre des marais de Dol, avec la malaria et les épidémies de peste, sans compter le relâchement de la vie d'une partie de ses frères religieux.

Cependant, sa réputation d'homme de Dieu lui attire l'amitié d'Antoine Revol, comte et évêque de Dol, dont il restera le directeur de conscience jusqu'à la fin de sa vie, pendant vingt ans.

Le 26 juin 1607, il fait sa profession religieuse. Vers la même époque, le couvent des Carmes de Rennes tentait un effort dans le sens d'une réforme de l'Ordre. Pour les soutenir, les promoteurs de cette réforme pensèrent aussitôt à faire venir Jean de Saint-Samson à Rennes.

Fin 1612, c'est chose faite. On l'obligea à refaire une année de noviciat ; il ne reçut l'attribution d'aucune charge officielle dans la formation des futurs religieux, mais sa réputation était telle qu'il devint, en fait, le véritable maître de la réforme dite « tourangelle », qui eut de profondes répercussions sur l'évolution de la spiritualité carmélitaine en France.

Sa vie au couvent de Rennes est cependant toute simple ; il n'en sort guère, et ses activités sont limitées à l'intérieur :

formation spirituelle des jeunes carmes, lectures, le plus souvent d'auteurs spirituels et mystiques, dictées de nombreux textes à des secrétaires bénévoles et, surtout, des heures de prières à l'église, avec la tenue des orgues aux offices chantés.

En 1616, il fait un nouveau séjour à Dol, mais qui ne dure qu'un an. De retour à Rennes, il y restera jusqu'à sa mort, en 1636. Durant ces dernières années, les maladies ne le quittent plus ; au manque de soins s'ajoutent souvent des humiliations malveillantes, ce qui ne l'empêche pas d'être fidèle jusqu'au bout à la pratique de la pauvreté, à la mortification dans la nourriture, à la patience dans les épreuves. Il meurt le 14 septembre 1636, en la fête de l'Exaltation de la sainte Croix.

Inhumé le lendemain de sa mort, il ne nous reste de Jean de Saint-Samson qu'une relique de son crâne, retrouvée d'une façon toute fortuite en 1652 ; elle est conservée aujourd'hui au couvent des Carmes de Bourges.

Sa mémoire n'avait pas été oubliée, mais il est peut-être temps de lui rendre aujourd'hui la place qu'il mérite parmi les plus grands mystiques, à la fois par la sainteté de sa vie et par l'importance de ses écrits, qui nous transmettent les secrets les plus intimes de son union à Dieu.

L'*Épithalame de l'Époux divin et l'épouse divine en l'union conjugale de son Époux*, que nous présentons ci-après, est, parmi tous ses écrits, sans doute le plus personnel et le plus inattendu de toute la littérature de théologie mystique.

II. Aspects littéraires

Il n'est pas dans notre intention de donner ici une étude littéraire approfondie du texte de l'*Épithalame* de Jean de Saint-Samson, mais seulement d'en présenter quelques traits marquants, qui feront mieux connaître la personne de Jean de Saint-Samson et le sens du témoignage qu'il nous a laissé de son union mystique avec le Seigneur.

1. Le genre littéraire

Le titre, en premier lieu, pose question : qu'est-ce qu'un « épithalame » ? Pourquoi Jean de Saint-Samson l'a-t-il choisi ?

L'épithalame appartient à un genre littéraire qui était utilisé bien avant Jean de Saint-Samson, comme chant poétique et joyeux pour célébrer les noces des nouveaux époux. L'étymologie en indique le sens : *epi-thalamos*, formé de deux mots grecs, signifie littéralement « sur le lit nuptial ». C'est un chant d'amour à la louange des époux.

L'histoire de la littérature montre les multiples variétés d'emploi de ce genre littéraire ; en fait, il y en a autant que de façons de comprendre l'amour. Depuis la plus haute antiquité, Homère, Pindare, Théocrite, Catulle et bien d'autres ont utilisé l'épithalame dans un sens profane. Il a eu un sens religieux pour célébrer les noces des divinités mythologiques ; parfois, il a servi à aduler des hommes politiques, par exemple l'épithalame en l'honneur de l'empereur Honorius à l'occasion de son mariage avec l'impératrice Maria. Inévitablement, il a couvert les déviations faciles d'un style populaire, souvent licencieux, surtout au Moyen Age, où le chant d'amour était émaillé de grossièretés et de crudités de style bachique. Mais ce thème, profondément humain, de l'amour ne pouvait pas être réservé à l'usage profane ; il est trop chargé de richesses spirituelles et de toute l'espérance de bonheur que représente l'amour conjugal, communion de vie et de destinée entre deux êtres, pour avoir été délaissé par les auteurs bibliques.

Le Cantique des cantiques, qui primitivement était un chant profane, a été reconnu comme exprimant particulièrement bien l'alliance de Dieu avec son peuple et, pour cette raison, il a été intégré parmi les livres révélés. Ce chant d'amour du bien-aimé et de son épouse a mérité d'être appelé « épithalame » par Ronsard, que lisait Jean de Saint-Samson, et d'autres auteurs, car il est l'expression parfaite d'un thème largement utilisé à travers toute la Bible, par exemple par Amos, Osée, Jérémie… Le Christ lui-même, dans les Évangiles, parle, en plusieurs occasions, de Dieu et de son peuple comme de l'Époux et de l'épouse. Il se donne à lui-même le titre d'Époux. Enfin, disons que le genre poétique et le mot « épithalame » n'ont pas cessé au cours des siècles, avec les Pères de l'Église et les auteurs spirituels, de servir à caractériser l'union soit du peuple fidèle tout entier, soit de chaque croyant en particulier avec son Dieu, surtout quand il s'agit d'un amour qui atteint au niveau de l'union mystique.

Jean de Saint-Samson, qui était né à Sens, a pu connaître les ouvrages de Pierre Crespet (†1594), prieur du couvent des Célestins de Sens de 1576 à 1578. Or cet auteur désigne le Cantique des cantiques comme un « épithalame ». Jean de Saint-Samson ne fera pas autre chose, en gardant ce titre, que de donner un commentaire du Cantique des cantiques, mais comme le témoignage de ce qu'il vit en personne, lui, « l'épouse divine en l'union conjugale de son Époux divin ».

Tout au long de son ouvrage, il applique donc la règle du jeu d'un art poétique bien déterminé. Il prend l'image de l'union conjugale comme une allégorie de son union mystique avec le Christ. Alors, les phases de l'amour humain peuvent servir de point de départ et de support par une lecture à un niveau supérieur – « au deuxième degré », disons-nous – de ce qu'il vit spirituellement avec son Seigneur, qu'il appelle son « Époux » ; lui-même, tout en étant un homme, s'identifiant entièrement à une « épouse », pour en jouer le rôle dans la relation à l'Époux divin.

Lecture « au deuxième degré », certes. Vu la distance entre les deux plans et la force avec laquelle s'impose tout ce qui concerne l'union conjugale, l'analogie d'un ordre de réalité à l'autre ne serait-elle pas douteuse, voire ambiguë ? En définitive, la question ne se poserait-elle pas du sens qui l'emporte : érotique ou mystique ?

La réponse ne dépend pas uniquement de l'auteur, mais plutôt du lecteur et du niveau où celui-ci situe ses préoccupations. Jean de Saint-Samson a bien conscience des risques d'incompréhension et même d'une lecture à contresens de l'ensemble de son texte. Il ne manque pas d'en avertir le lecteur dès le début :

> « Si vous ressentez cela en quelque manière en vous-même,
> dans l'ardeur de votre désir amoureux [...],
> vous ne vous offenserez point
> de ce que vous trouverez dans ce traité.
> Au contraire, si vous ne ressentez rien de cela
> et si vous y êtes tout à fait étranger, [...]
> ce traité ne peut pas vous toucher[1]. »

« Chaque vérité a son propre goût », ajoute-t-il ; mais chacun se l'accommode à sa façon ! Pour Jean de Saint-Samson, le bon sens, la raison, pousseront à lire son traité jusqu'au bout, « pour finalement le trouver bon ».

1. Pages 52 et 146.

Il veut être compris ; mais, s'il n'en est ainsi, il n'en a nul souci (§ 1).

Comme l'auteur du Cantique des cantiques, mais de façon plus systématique et explicite, il utilise donc le support imagé de l'amour conjugal dans ses multiples expressions, transcendées par leur projection analogique sur le plan supérieur. Faute de mots et de concepts univoques, il trouve dans cette image de l'amour humain ce qui lui est nécessaire pour exprimer, de façon certes bien imparfaite mais cependant en vérité, quelque chose de son intimité avec la personne du Verbe fait homme.

Grâce à ce procédé, Jean de Saint-Samson réussit à donner dans son *Épithalame* l'expression écrite la plus achevée qui soit d'une plénitude d'« union conjugale » humainement « indicible », et dont la mesure exacte restera toujours le secret de Dieu.

Comme saint Jean a proclamé l'Évangile du « Verbe fait chair », comme saint Paul ne voulait plus connaître que « Jésus crucifié et ressuscité », Jean de Saint-Samson condense tout son message dans le titre de son ouvrage : il ne s'agit pas d'un exposé doctrinal mais de l'expérience qu'il a vécue en union personnelle avec l'Époux, dans le rôle d'« épouse qualifiée comme telle » (§ 34).

Par cet « évangile de l'Époux » et par le type de vie spirituelle qui en ressort, l'auteur de l'*Épithalame* offre aux lecteurs d'aujourd'hui, comme aux disciples de son temps, une œuvre de haute spiritualité qui ne devrait pas passer inaperçue : oubliée depuis près de quatre siècles, elle peut ouvrir pour notre temps, en recherche dans ce domaine, un chemin nouveau et attirant qui, bien que biblique et traditionnel, n'a été que très peu exploré et pratiqué.

2. Le texte : style et vocabulaire

L'édition critique du texte de l'*Épithalame* a été établie par S.-M. Bouchereaux-Michel à partir du manuscrit conservé aux Archives départementales d'Ille-et-Vilaine (« Fonds Grands Carmes » 9 H 40, n° 11, f. 271 r-290 r). Ce texte a été publié en 1954 dans le premier numéro de la revue *Carmelus* (p. 158-175).

L'histoire du texte original, dicté par Jean de Saint-Samson à ses secrétaires, n'a pas à être refaite ici. Remarquons seulement que l'ensemble de ses œuvres, soit plus de quatre mille feuillets manuscrits, est resté longtemps enfoui dans des archives d'où peu de curieux sont allés exhumer quelques-unes de ses richesses. On ne connaît pas la date exacte de la rédaction de l'Épithalame, mais c'est probablement vers la fin de la vie de Jean de Saint-Samson ; il est demeuré presque inconnu jusqu'à la publication, par S.-M. Bouchereaux-Michel, du texte critique[1].

Pourquoi cette œuvre majeure de la théologie mystique est-elle restée si longtemps sous le boisseau, alors que son auteur était unanimement reconnu comme le grand maître spirituel de la réforme des Carmes en France ?

La réponse tient à plusieurs facteurs qui se conjuguent pour rendre extrêmement difficile la lecture de l'*Épithalame* dans le texte original, même après qu'il a été mis au clair par l'édition critique de S.-M. Bouchereaux-Michel. La difficulté tient à la fois au fond et à la forme de cette œuvre littéraire.

Non seulement l'auteur y traite d'un sujet que lui-même qualifie d'« éminent » (§ 1), c'est-à-dire de ce qu'il y a de

1. Repris dans la collection, en cours de parution, des *Œuvres complètes de Jean de Saint-Samson*, édition critique par les Grands Carmes, vol. 2, avril 1993 (Fac-édition, 30 rue Madame – 75006, Paris) ; cf. H. Bremond : « Histoire littéraire du sentiment religieux », t. II, p. 363-393 ; *Dictionnaire de Spiritualité*, article « Jean de Saint-Samson » ; H. Blommestijn et M. Huot de Longchamp, « Œuvres Mystiques, Jean de Saint-Samson. L'Aiguillon et l'Épithalame », O.E.I.L., Paris, 1984.

plus élevé dans la vie spirituelle, dans l'union personnelle, « conjugale », avec l'Époux divin ; mais, en outre, pour en parler, il utilise un langage et un style d'une telle complexité et subtilité qu'un lecteur non préparé à cet exercice se perd rapidement pour saisir le sens du texte et interpréter la pensée de l'auteur.

Signalons d'abord rapidement quelques-uns des obstacles qui viennent du style de Jean de Saint-Samson.

Quand il rédige l'*Épithalame* vers la fin de sa vie, c'est-à-dire au début du XVIIe siècle, il y traduit l'expérience mystique de sa relation avec le Seigneur ; mais aussi il y transpose toute son expérience humaine acquise depuis son enfance. Or ce jeune aveugle privé de la vue à l'âge de trois ans et de ses parents à dix ans a été élevé par son oncle Zacharie. Dès cet âge, on lui a donné des maîtres qui lui parlaient latin et lui commentaient des œuvres d'auteurs latins. Tout son temps libre, il le passait dans des églises où les offices étaient chantés en latin. Entré chez les Carmes comme simple laïc, puis novice et plus tard frère convers, il suit des cours de philosophie, principalement la philosophie d'Aristote, des cours de théologie qui sont des commentaires de la *Somme* de saint Thomas d'Aquin. Tout cela, bien sûr, en latin ; et il en est de même pour les ouvrages d'auteurs mystiques, dont on lui fait la lecture de façon assidue.

Il n'est pas exagéré de dire que le latin est devenu pour Jean de Saint-Samson une seconde langue maternelle après le français. Si bien qu'il réalise une sorte d'amalgame très étonnant entre les deux langues, sans d'ailleurs les confondre. De ce point de vue purement littéraire, on peut dire que l'*Épithalame* pourrait être l'objet d'une étude très intéressante comme œuvre témoin, par son langage, d'une étape charnière entre deux époques, deux cultures. Jean de Saint-Samson écrit en français, et c'est un français évolué, qui n'est plus celui du Moyen Age, car il est moderne ; cependant la structure du langage, la construction de la phrase sont celles de la langue latine. Son style est « à la

Cicéron » : le sujet en début de phrase, suivi de nombreuses propositions incises, ablatifs absolus, appositions, relatifs et compléments divers, avec ici ou là un verbe assez distant de son sujet. Les phrases sont en général très longues ; l'une d'elles fait plus d'une page de texte serré, et on perd le fil.

Le sens des mots reste presque toujours très proche de leur étymologie latine ; le contexte le précise suffisamment. Mais une lecture malavisée de ces mêmes mots pris au sens moderne aboutirait facilement à des contresens. Le sens est ordinairement objectif, plus rarement subjectif. Certains mots, à vrai dire peu nombreux, ne sont plus utilisés aujourd'hui. L'accord des verbes est assez bien respecté, mais pas toujours facile à saisir.

Le vocabulaire s'avère très pauvre : d'où la répétition fréquente des mêmes termes, principalement des adjectifs, avec souvent des sens différents. La pensée de l'auteur s'élevant facilement à des sommets d'expériences intraduisibles, il est amené à inventer des expressions adverbiales à redoublements inusités pour exprimer des superlatifs absolus.

Ce qui marque encore plus le langage de Jean de Saint-Samson, d'une façon toute spéciale dans l'*Épithalame*, c'est le choix délibéré et manifestement motivé de termes abstraits, philosophiques ou juridiques. De ce fait, le poème de l'*Épithalame* ne peut passer pour un modèle d'œuvre poétique. N'oublions pas que Jean de Saint-Samson était aveugle presque de naissance et qu'il ne sortait guère de son couvent ; aussi, les images, même les plus courantes, qu'impose la nature environnante sont-elles très rares dans ce texte, en dehors de l'image analogique et toujours prégnante de la relation conjugale époux-épouse, en référence avec le texte biblique du Cantique des cantiques.

Un autre aspect du texte n'en facilite pas la lecture : l'auteur est tellement à l'aise avec le sujet dont il traite, car il le vit intensément, que le cheminement de sa pensée est très rapide. Il possède par ailleurs si parfaitement les expressions philosophiques et théologiques adéquates qu'il exprime souvent ses idées dans des formulations très condensées, elliptiques, même simplement allusives. Pour le comprendre, il faudrait presque avoir suivi le même cheminement intellectuel et spirituel ; faute de quoi il faut deviner et avancer avec précaution dans la lecture pour entrer dans la vérité du sens voulu par Jean de Saint-Samson et en goûter toute la richesse.

En contrepartie à ces obstacles à la lecture de l'*Épithalame*, il existe fort heureusement dans le texte des repères qui guident le lecteur vers une interprétation assurée de la pensée exacte de l'auteur. Jean de Saint-Samson témoigne, en effet, d'une sensibilité très juste dans l'utilisation des nombreuses particules, telles que « par », « de », « ou », « en », « pour » ; sur elles s'articulent tous les membres d'une même phrase d'après leur rôle grammatical et leur lien dans une pensée très logiquement construite. Tout cela est d'ailleurs souligné par une ponctuation exacte, à laquelle le lecteur peut se fier et qu'il a toujours avantage à suivre.

Ce fait n'est pas dû au hasard. Il reflète un aspect profond de la formation intellectuelle et même de la vie de Jean de Saint-Samson. Cet homme aux yeux fermés à la lumière du jour et aux images du monde extérieur était continuellement confronté à sa propre pensée et au monde des idées. Il avait fait des études philosophiques et théologiques pendant de nombreuses années, et son esprit était parfaitement à l'aise avec la métaphysique et la logique d'Aristote. Dans la province des Carmes, à cette époque (officiellement depuis les décisions de Chalain en août 1619), le couvent de Rennes où il résidait était spécialisé dans l'enseignement de la philosophie aux novices du couvent, et cette discipline leur était distribuée par un « lecteur » (c'est-à-dire un professeur) à raison de trois heures par jour pendant trois années consécutives. Jean de Saint-Samson ayant fait deux fois son noviciat, à Dol-de-Bretagne, puis à Rennes, à ce régime et dans les conditions personnelles qui étaient les siennes, on comprend que notre auteur ait eu « une tête bien faite » et qu'il ait su raisonner correctement.

Tel se présente le texte original, reconstitué par l'étude critique de S.-M. Bouchereaux-Michel. Toutes les difficultés qu'il présente, même simplement d'un point de vue littéraire, laissent à penser que peu de lecteurs se risqueront à aller jusqu'au bout de l'aventure que représenterait une lecture trop peu libérée de la lettre pour en goûter l'esprit.

Face à cette situation qui occulte le témoignage de Jean de Saint-Samson, il nous a semblé intéressant d'essayer d'en donner une transcription qui soit plus facilement à la portée des lecteurs d'aujourd'hui, avec un langage plus compréhensible.

Pour ce travail, nous avons bien évidemment donné la priorité au sens, qu'il a fallu d'abord décrypter car il ne va pas de soi ; l'auteur parle de réalités spirituelles qui sont d'expérience peu commune.

Pour la lettre, nous avons gardé les expressions du texte original dans la mesure où elles ont encore aujourd'hui le même sens. Mais les termes dont le sens primitif a manifestement évolué à travers le temps ont été remplacés par les synonymes que nous suggérait le contexte et qui – nous a-t-il semblé – exprimeraient mieux la pensée de l'auteur. Nous avons surtout allégé le texte en remplaçant les longues phrases par de plus courtes, avec le simple procédé de la reprise du même sujet et du même verbe principal, en respectant la logique de la pensée.

En outre, nous avons facilité la lecture en divisant l'*Épithalame* en cinquante paragraphes avec des titres donnant le sens de chacun. La mise en page a reçu une forme agréable par le procédé de la versification libre, qui met en valeur l'harmonie de la phrase et le rythme des expressions[1].

1. Nous signalons que dans notre présentation du texte de l'*Épithalame* de Jean de Saint-Samson nous avons omis, à la fin du paragraphe 40, une cinquantaine de lignes d'une telle complexité qu'elles sont intraduisibles. Elles ne pourraient que rebuter le lecteur et leur omission nous a paru justifiée pour plusieurs raisons.

Cette page de l'*Épithalame* a, en effet, un caractère très particulier. Il s'agit d'une seule phrase, qui court sur plus d'une page, avec deux ou trois verbes seulement. On en devine difficilement le sens, car l'auteur semble s'être donné un vocabulaire spécial, où il se retrouve peut-être, mais sans en avoir donné la clé aux lecteurs (par exemple : « simple unique », « distinct fécond », « simple total », « égal distinct », etc.).

Ce texte ne contient aucune référence biblique ni même aucune expression à proprement parler théologique. Le dialogue avec l'épouse est suspendu comme s'il n'avait jamais existé. L'auteur semble chercher à s'expliquer à lui-même, par des concepts et raisonnements purement philosophiques, comment la vision béatifique qui fait de l'Époux et de l'épouse un « unique », respecte cependant la distinction personnelle de chacun.

Dans cette recherche l'auteur paraît bien inconséquent avec lui-même, car il a écrit et répété maintes fois que ce problème était le cœur du mystère et qu'il était « indicible » (§ 15, 37, 40).

En fait, cette page ressemble fort à un « excursus » qui n'a pas grand rapport avec le reste de l'Épithalame. Le texte est tellement disparate et même dissonant avec l'ensemble qu'on pourrait légitimement se poser la question de son authenticité et de son appartenance à la rédaction primitive de l'*Épithalame* de Jean de Saint-Samson.

III. Le contenu doctrinal

Dans son ouvrage sur *La Réforme des Carmes en France et Jean de Saint-Samson* (l. II, chap. III à VI, Vrin, 1950), S.-M. Bouchereaux-Michel fait une analyse générale de l'enseignement doctrinal et de la spiritualité de Jean de Saint-Samson qui ressort de l'ensemble de ses écrits. Il s'agit surtout d'une étude comparative, qui situe notre auteur parmi tous ceux qui l'ont précédé dans l'histoire de la vie mystique, en insistant particulièrement sur ceux dont les œuvres ont pu l'influencer. Cette étude sera toujours utile à consulter.

Mais – nous semble-t-il – personne n'a jamais fait l'analyse approfondie de l'*Épithalame*, pris pour lui-même et pour son contenu particulier, qui en fait une œuvre spécifique, différente de toutes les autres. Il s'agit là d'un témoignage personnel portant sur l'expérience spirituelle propre à Jean de Saint-Samson. Même si elle peut être comparée, elle est spécifique par de nombreux traits, que nous voudrions maintenant signaler et commenter. Sur ce plan doctrinal et proprement mystique, les lecteurs de l'*Épithalame* risquent de se heurter à de nombreuses difficultés d'interprétation. Nous pensons nécessaire de donner des clés de lecture pour qu'ils puissent goûter l'originalité du texte et s'en approprier les incomparables richesses spirituelles.

1. Union personnelle et histoire du salut

A une première lecture faite sans préparation, on est tout de suite surpris et quelque peu heurté de ne pas trouver une seule fois, dans tout l'*Épithalame*, les mots « Dieu », « Jésus » ou « Jésus-Christ », « Fils de Dieu », etc.[1] ; rien sur Bethléem, Nazareth, Capharnaüm, ni même Jérusalem. Pas un mot sur l'enseignement de Jésus, ses paraboles, ses miracles, ni même sa mort et sa résurrection. Le devenir historique de l'action du Christ à travers le temps, c'est-à-dire l'Église, n'entre pas non plus dans les perspectives de l'auteur.

Pour le chrétien habitué à situer sa contemplation du Christ dans le cadre des collines de Judée, les noces de Cana ou les eaux bleues du lac de Tibériade, le Temple ou le Calvaire, le chant d'amour de Jean de Saint-Samson sera jugé bien distant par rapport à toutes ces réalités qui semblent faire corps avec notre foi en l'Incarnation.

C'est une vraie question, que nous avons envie de poser à l'auteur de l'*Épithalame*. Pourquoi ce silence ? Mais peut-être est-ce nous, les lecteurs, qui passons à côté de l'essentiel de la foi ? Une lecture plus attentive et mieux éclairée pourrait bien nous retourner la question.

Jean de Saint-Samson a voulu transmettre à ses lecteurs le témoignage de l'expérience mystique qu'il a vécue. Il ne pouvait tout dire. C'est pourquoi il a été amené à choisir un point de vue particulier. Le lecteur ne peut comprendre son *Épithalame* qu'à la condition de se situer dans la même optique et d'en avoir admis la légitimité.

Notre auteur précise le champ de sa réflexion de façon très ciblée dès les premières lignes de son ouvrage (§ 1) : « Il porte, dit-il, sur la hauteur éminente de la relation entre Dieu et l'homme saisi par Lui ». Il s'agit de ce qui « émerge »

1. Cela est rigoureusement vrai dans le texte original ; mais, pour faciliter la compréhension, nous avons substitué, dans la transcription moderne, quelques mots concrets aux termes abstraits employés par l'auteur. Ainsi : « Dieu » à la place d'« Objet » (§ 1).

au-dessus de tous les autres aspects de la vie spirituelle, de ce qui constitue la fine pointe, le sommet de l'union mystique : l'intimité qui se lie dans l'amour entre le « moi divin » et un « moi humain ». Jean de Saint-Samson raconte dans l'*Épithalame* l'histoire de sa rencontre personnelle avec le Dieu qui a fait alliance avec lui, les difficultés de l'approche, les joies de la présence mutuelle et la communion dans une intimité sans partage, un « unique des deux » (§ 32) qui ne peut avoir comme image lointaine et bien insuffisante que l'union conjugale des époux (cf. Éph., v, 25-32).

A la fin de son œuvre (§ 50), Jean de Saint-Samson éprouve le besoin d'affirmer à nouveau qu'il a délibérément choisi ce point de vue particulier de sa vie spirituelle : sa relation de personne à personne entre Dieu et lui-même. C'est l'Époux qui le déclare : « Tu m'as fait un immense plaisir [...], parce que tu ne t'es point arrêtée à décrire et exprimer ma beauté corporelle et extérieure sous tous mes aspects [...]. » Cette « beauté corporelle et extérieure » désigne, dans le langage théologique de l'auteur, tout ce qui concerne les œuvres de Dieu dans l'ordre de la Création, ce qu'on appelle les œuvres « *ad extra* », tout ce qui s'inscrit dans l'espace et le temps du monde matériel.

Par rapport à cette « union personnelle », Jean de Saint-Samson estime vains et inutiles les secours extérieurs, amitiés et réconforts humains, qu'il pourrait recevoir des autres épouses. Avec un certain humour, il pense que ce serait vouloir soigner un mal d'amour par une cure de fleurs et de pommes (§ 48).

Même la contemplation des perfections divines, telles que la science et la beauté de son Époux, ne peut être, par rapport à l'union mystique qu'il vit, qu'une démarche d'approche qui sera provisoire, dépassée dans l'amour de la personne ; car, en définitive, ces perfections se confondent substantiellement avec la personne elle-même de son Époux : « Elles sont ce que je suis » (§ 49). Rien ne remplace l'Époux. Au contraire, avec Lui, l'épouse a tout (§ 19, 46).

Le lecteur de l'*Épithalame* est donc dûment averti, dès la lecture du titre, sur le sujet particulier que Jean de Saint-Samson traite. Tout y est centré sur l'union personnelle, on pourrait dire « intimiste », de l'Époux et de l'épouse, sans faire référence à tout ce qui l'a préparée dans l'histoire de la révélation.

Par rapport à sa propre histoire et au développement progressif de sa vie spirituelle, on peut constater que l'auteur pratique la même réserve : il ne parle strictement que du point ultime où il est arrivé dans son union à l'Époux divin et incarné. Il ne fait qu'une brève allusion à son cheminement par l'ascèse et aux étapes obligées des voies « purgatives » et « illuminatives » qu'il a dû parcourir pour parvenir à l'« union ». Il a même dû « renoncer » (§ 21) à ses efforts volontaristes de « conversion » (§ 22) et de « recherche active et affamée » (§ 40) ; il a dû supporter sans aucun recours ses épreuves de déréliction dans la nuit obscure (§ 30, 33, 40), pour finalement se laisser « engloutir » (§ 32) de façon « passive et surpassive » par les « embrassements » (§ 34, 35) de son Époux.

Cette façon de focaliser sa réflexion sur la personne du Verbe incarné, en dehors de toutes les circonstances concrètes et historiques de sa vie sur terre, est tout à fait légitime. L'auteur lui-même la justifie du point de vue de la foi, en utilisant fréquemment l'enseignement du IVe concile de Chalcédoine (451). Ce concile avait répondu au besoin de l'Église d'enrichir sa foi en explorant plus à fond le mystère du Christ, tout en le mettant mieux à l'abri des spéculations dangereuses sur l'Homme-Dieu.

Ce travail d'analyse a amené l'Église à distinguer, dans le Christ, l'unique personne du Verbe et ses deux natures : divine et humaine. « Nous enseignons, définit le concile, que le Christ, Fils unique de Dieu, est un seul et même Seigneur en deux natures sans mélange, sans changement, sans séparation, sans partage, sans que soit supprimée la distinction des natures par leur union, tandis que demeurent conservées les propriétés de chacune des deux natures. »

Jean de Saint-Samson fait continuellement référence à cet enseignement (§ 7, 41), qui constitue l'armature théologique et mystique de tout son *Épithalame*.

Il en résulte que sa « spiritualité » est éminemment christologique. C'est dans le Christ, et par son humanité, qu'il rencontre la personne du Verbe ; cette personne divine est inséparable « de la chair unie à votre divinité [...] comme étant vous-même » (§ 7).

« [...] à partir de mon humanité, possédée par toi [...], tu rentreras en notre divinité » (§ 47). Jean de Saint-Samson exprime là une doctrine traditionnelle de la vision béatifique (trop souvent oubliée par les théologiens et par nombre de chrétiens mal instruits de la portée de l'Incarnation) : c'est dans le Christ ressuscité, à travers son humanité en tout semblable à la nôtre, corps et âme, que les voyants verront, dans la lumière de sa gloire, qu'il est le Fils, qu'il n'est jamais seul, sans son Père, et qu'ils sont unis dans l'Esprit d'amour au point de n'être qu'un seul Dieu. Le voyant ne pourra rien séparer dans ce tout indissociable : même en portant sa vision sur le monde créé, il ne cessera d'y voir en même temps resplendir la gloire du Verbe incarné « où que tu ailles et que tu sortes, tu ne seras jamais sans moi ni ma gloire [...] dans la jouissance même de moi-même et de ma gloire, d'où tu ne seras jamais sorti[e] » (§ 47).

Pour vivre l'union mystique avec cette personne divine, il suffit à Jean de Saint-Samson de considérer la nature humaine du Christ dans sa réalité globale, sans rappeler les divers événements qui ont marqué de façon transitoire sa vie historique sur terre. Bien évidemment cela ne signifie pas que l'auteur n'attache aucune importance aux faits rapportés par les Évangiles. Simplement ils sont en dehors de son propos, qui est de décrire l'union de personne à personne qu'il vit avec le Verbe incarné dès ici-bas, dans l'attente de sa consommation en plénitude dans la gloire (§ 47).

Peut-être beaucoup n'ont-ils pas assez remarqué, en lisant les Épîtres de Paul, que cet apôtre s'était mis dans la même situation que l'auteur de l'*Épithalame.* Paul, dont les lettres sont les tout premiers écrits du Nouveau Testament, ne parle pour ainsi dire jamais des événements historiques de la vie du Christ, qui feront, mais bien plus tard, l'objet des récits évangéliques. Après sa conversion, il s'était fait instruire oralement par Pierre lui-même de tout ce qui s'était passé, et il n'ignore rien du réalisme de l'Incarnation. « Quand vint la plénitude des temps, Dieu envoya son Fils, né d'une femme, né sujet de la Loi » (Gal., IV, 4). C'est le seul fait concret qu'il rapporte, mais il lui suffit, car son point de vue va au-delà des détails de l'histoire : il est celui de leur résultat, celui du sens que le Christ a donné à l'histoire. « Aussi, ajoute-t-il, ne connaissons-nous plus désormais personne selon la chair. Même si nous avons connu le Christ selon la chair, nous ne le connaissons plus ainsi à présent. Si quelqu'un est dans le Christ, c'est une création nouvelle » (I Cor., I, 23).

S'opposant aux prédicateurs à la mode qui commentaient avec une éloquence et une sagesse tout humaines la vie du Christ, Paul se situe tout autrement : « Non, écrit-il aux Corinthiens, je n'ai rien voulu savoir parmi vous, sinon Jésus-Christ, et Jésus-Christ crucifié » (I Cor., II, 2) ; en précisant aussitôt : « le crucifié qui est le Seigneur de la Gloire » (I Cor., II, 8). Toute l'histoire du salut de l'humanité est dans l'amour de « Celui qui, étant de condition divine, s'anéantit lui-même, prenant la condition d'esclave [...] s'humilia jusqu'à la mort sur une croix. Aussi Dieu l'a-t-il exalté [...] pour que tout, au nom de Jésus, s'agenouille et proclame de Jésus-Christ qu'il est Seigneur » (Phil., II, 6-11). Jean de Saint-Samson ne fera que reprendre ces textes fondamentaux de saint Paul à peu près dans les mêmes termes : « Eût-il été possible que votre épouse, voyant le Verbe éternel du Père éternel fait chair, aux dimensions de la brièveté du temps et de l'étroitesse de son monde [...] ne fût transportée de joie et d'amour pour son Époux divin et humain » (§ 8. Voir aussi § 7).

Les lecteurs de l'*Épithalame* seront heureux de retrouver

l'écho de ces textes pauliniens dans le témoignage de Jean de Saint-Samson sur son union personnelle avec le Christ. Il la vit à une tel degré d'intensité et d'intimité que toute l'histoire passée et future lui semble achevée (§ 37), les événements passagers dans le temps n'étant que des préparations ou des réalisations partielles par rapport à cette plénitude « consommée ».

Paul appelait les païens à entrer dans cette vie avec le Christ. Thérèse d'Avila (1515-1582) et Jean de la Croix (1542-1591) ont cherché aussi à former des disciples et ont décrit minutieusement les étapes de leur « montée ». On peut noter que ce n'est pas du tout le souci de Jean de Saint-Samson, tout au moins dans son *Épithalame*. Dès le début, il sait que la hauteur du sujet dont il va parler risque de rebuter des lecteurs, « tout à fait étrangers, ayant d'autres préoccupations ; ce traité ne peut pas vous toucher ». En fait, avoue-t-il, « il m'importe peu que vous ou un autre [...] ne me compreniez sur tout ceci » (§ 1).

Cependant, nous pensons qu'aucun lecteur ne peut rester insensible à la lecture du témoignage de Jean de Saint-Samson sur son intimité « conjugale », dans l'union personnelle qu'il vit avec le Verbe fait chair. Il est, en effet, de la nature même de l'amour, de l'amour simplement humain, avant même de le considérer comme symbole de l'amour mystique, d'être essentiellement une union de personne à personne. C'est ce qui distingue l'amour conjugal de ce qui ne serait qu'une association d'intérêts communs. Le pape Paul VI écrivait à ce sujet : « C'est un amour total, c'est-à-dire une forme toute spéciale d'amitié personnelle, par laquelle les époux partagent généreusement toutes les choses, sans réserves indues ni calculs égoïstes. Qui aime vraiment son conjoint ne l'aime pas seulement pour ce qu'il reçoit de lui, mais pour lui-même, heureux de pouvoir l'enrichir du don de soi » (*Humanae Vitae*, II, 9).

Jean de Saint-Samson, par son *Épithalame*, nous oblige à réfléchir sur la foi.

La foi est la rencontre et l'accueil de quelqu'un qui nous offre de vivre avec lui, de croire en lui, dans la confiance, la fidélité, l'amour ; quelqu'un qui nous aime et nous conduit vers un au-delà pour réaliser la plénitude de l'union personnelle avec lui. Il n'y a pas de foi vivante sans ce tutoiement et ce cheminement avec cet « Ami » ou « Époux », selon le degré d'intimité.

C'est exactement ce message de foi pure et amoureuse que nous livre Jean de Saint-Samson dans sa vie d'union personnelle à son Époux, en dehors de toutes considérations historiques et événementielles. On ne peut pas le lire sans se sentir concerné et interrogé sur notre propre foi et sur notre façon de vivre ce qu'elle a de plus essentiel. Quelle attention et quelle qualité donnons-nous à notre union avec Dieu le Verbe en personne, fait chair pour vivre avec nous dans une intimité amoureuse qui devrait, pour le moins, être comparable à celle d'un époux et une épouse[1] ? (§ 2, 7).

2. La vie dans l'union mystique

Jean de Saint-Samson, qui avait reçu une solide formation théologique dont la base était le thomisme, suit dans le développement de son analyse un mouvement descendant : de l'Être divin, le Verbe, vers la créature humaine.

Pour entrer dans le mystère du Christ, les auteurs d'aujourd'hui empruntent de préférence la voie historique qui fut celle des Apôtres et des disciples contemporains de la vie terrestre du Christ. Les faits dont ils étaient les témoins oculaires les amenaient à se poser la question : « Mais qui est donc cet homme qui parle avec une telle

1. Dans un ouvrage récent de spiritualité, intitulé *Chemin de contemplation*, Éloi Leclerc écrit : « A l'origine du christianisme, il y a, avant toute doctrine élaborée, la rencontre bouleversante d'une personne en qui s'est révélée une plénitude de vie » (Paris, Desclée de Brouwer, 1995, p. 120).

autorité et qui accomplit de tels signes ? » C'est à travers l'humanité du Christ, « en tout semblable aux hommes », que les Évangiles et les écrits spirituels de notre époque cherchent dans un mouvement ascendant à faire découvrir la divinité du Christ. On peut dire que, dans cette perspective historique, la priorité est donnée à l'homme.

Le point de vue de Jean de Saint-Samson est inverse : il est métaphysique. Il fait abstraction du temps de la découverte et de la conversion ; il contemple en premier lieu la divinité, pour rejoindre l'humanité du « Verbe fait chair ». Cette démarche est d'ailleurs celle de saint Jean dans le Prologue de son Évangile. Pour Jean de Saint-Samson, cette « descente » est par elle-même la manifestation de l'amour divin, et c'est elle qui motive la réponse d'amour de l'épouse, sans même évoquer la Croix. « [...] voyant le Verbe éternel [...] aux dimensions de la brièveté du temps et de l'étroitesse de son monde », la question quc lui pose cet abaissement (« pourquoi tout cela, et dans quel but ? ») trouve immédiatement la seule réponse possible : « pour nous posséder sans obstacle et à plein l'un l'autre, unis par la force divine de nos embrassements mutuels » (§ 7, cf. 8).

C'est la personne du Verbe qui s'engage dans l'Incarnation et qui réalise l'union personnelle à titre d'Époux pour l'épouse qu'il a élue. Il s'ensuit que, dans l'*Épithalame*, Jean de Saint-Samson adresse son chant d'amour directement et exclusivement à la deuxième personne de la sainte Trinité (le Père et l'Esprit sont à peine évoqués dans le texte).

On peut s'interroger sur la profondeur de l'union personnelle qui se réalise dans cette rencontre mystique de l'Époux et de l'épouse. Parfois, Jean de Saint-Samson utilise des expressions extrêmement fortes qui surprennent quand il décrit la « divinisation » de l'épouse. Par exemple : « il fait, de nous, lui-même en lui-même » (§ 12), « notre mariage [...] consommé en toute simplicité et en unité parfaite de lui en nous et de nous en lui [...] à un niveau supérieur [...] elle s'effectue en l'unité divine de Dieu même » (§ 14),

« pour que l'Époux et l'épouse soient un sans distinction ni différence ». Ces derniers mots, employés fréquemment (§ 18, 32, 36, 38), pourraient laisser entendre que la divinisation réalisée par la consommation de l'union de l'Époux et de l'épouse aboutirait, en fait, à une fusion de l'un en l'autre, et que l'épouse deviendrait Dieu le Verbe, « engloutie » en lui « sans distinction ni différence ».

En fait, il n'en est rien, et on peut même dire que pour Jean de Saint-Samson ces expressions n'ont pas le sens que nous leur donnons. Il lève lui-même toute ambiguïté sur ce sujet : l'union mystique n'est pas une fusion de l'épouse avec l'Époux qu'on pourrait appeler « ontologique », au niveau de l'être. Elle est et restera une union « psychologique », réalisée à partir de deux sujets distincts et différents, par les actes de vision : « en identité d'esprit, de vue et de pensée, d'intelligence, d'attention, de lumière, de repos, aussi bien que d'amour » (§ 9), « d'ineffables embrassements l'un de l'autre, l'un en l'autre [...] à égalité de jouissance » (§ 31). Mais la pureté et la simplicité de ce partage et de cette mise en commun assurent une cohérence, une harmonie, une communion tellement parfaite que « ce bonheur donne l'impression de ne pas prendre sa source à partir de deux sujets pour s'écouler en deux sujets » (§ 40), et que les deux semblent ne faire qu'un, « un unique des deux », un couple si parfaitement soudé que, pour l'éternité, il ne court aucun risque de séparation (§ 39).

L'auteur va plus loin encore dans l'approfondissement de la nature de cette union béatifique et de ce qui, de façon ultime, en assure le fondement et la pérennité. En réalité, elle n'est pas une simple union psychologique qui ne dépendrait que de la volonté et du jeu des facultés spirituelles de l'épouse (§ 40). L'Époux annonce à celle-ci que « l'union parfaite de nous deux », réalisant un « unique », se situe « au-delà de l'union personnelle et conjugale de nous deux » (§ 14, 32).

Elle a son origine directe dans « la fécondité intense » de leur amour (§ 40) ; mais, en fait, la source de l'unité de ce couple qui ne fait qu'un est une participation à l'unité de l'Être divin en lequel les trois personnes de la sainte Trinité ne font qu'un (§ 21). De ce point de vue, l'union de l'Époux et de l'épouse n'est plus seulement psychologique, mais atteint, d'une certaine façon, au niveau ontologique en participant à l'Être de Dieu et aux relations qui unissent les trois personnes divines. Cette pénétration de la vision au plus profond de la vie divine associe l'épouse à toutes les perfections divines et à la plénitude du « flux vital » qui court entre les trois personnes divines et « déborde avec excès » du Verbe divin sur la créature humaine, dont il a fait son épouse en prenant sa condition (§ 21).

La révélation de ce mystère de l'amour était déjà formulée par l'apôtre Pierre : « Les plus grandes promesses nous ont été données, afin que vous deveniez participants de la nature divine » (II Pierre, I, 4).

Il reste encore à élucider quelques expressions de Jean dc Saint-Samson qui peuvent ajouter un ultime éclairage sur son union personnelle avec l'Époux divin.

Celui-ci parle de « vision sans obstacle et continuelle » (§ 48), de « connaissance de ce que je suis et du fait que tu me posséderas adhérant sans intermédiaire ni obstacle à moi, en moi » (§ 41) ; intimité avec l'Époux qui répondra chez l'épouse « au désir que j'ai de notre conjonction mutuelle et personnelle sans milieu ni entre-deux » (§ 27).

L'auteur n'en dit pas plus long, mais son langage semble bien se référer à une explication théologique de la vision dite « intuitive ». C'est une connaissance qui n'est fondée ni sur une information par les sensations physiques, ni sur l'élaboration d'un concept mental servant d'intermédiaire pour représenter l'objet à connaître (§ 35). C'est véritablement une vision directe au cœur (*in thumos*) de la chose elle-même, qui actue par elle-même l'intelligence du voyant.

Il ne peut en être autrement quand il s'agit de la vision intuitive de Dieu : étant infini, il est par essence indéfinissable ; rien ne peut « dire » Dieu dans les limites d'un esprit humain. Par contre, Dieu étant esprit, acte pur et souverainement intelligible, c'est Lui qui envahit en plénitude l'intelligence du voyant, l'élève à sa propre dimension infinie (§ 44) et la met en acte de connaissance par sa présence « sans milieu, ni entre-deux » ; il devient, pour ainsi dire, l'acte de sa faculté de connaissance. C'est l'aspect sous lequel Dieu se donne. Ainsi le voyant se trouve-t-il « englouti » (§ 20) par l'Époux, tout en restant lui-même, en tant que sujet voyant. Dans cette conjonction personnelle se réalise à la perfection l'union « conjugale » de l'Époux et de l'épouse, « comme l'Objet (divin) qui transporte en lui-même son sujet (humain) » (§ 6) pour « l'engloutir » (§ 32) et former « un unique des deux » (§ 6 et 31).

Sans doute peut-on dire que Paul a vécu quelque chose de ce sentiment « d'absorption » quand il écrit : « Ce n'est plus moi qui vis, c'est le Christ qui vit en moi » (Gal., II, 20).

Non seulement cette vision intuitive et béatifique du Verbe divin dans l'union personnelle avec lui respecte l'identité de l'épouse – et Jean de Saint-Samson insiste vivement sur cette réalité : « [...] tu demeures adhérente à moi, définitivement, sans perte ni privation de ta nature d'être créée » (§ 39) –, mais elle entraîne un surpassement de l'épouse dans tout son être : « [...] après t'être surpassée toi-même [...], ce bonheur donne l'impression de ne pas prendre sa source à partir de deux sujets [...] à cause de l'union parfaite de nous deux, d'être à être, de personne à personne, réalisant un unique, au-delà de l'union personnelle et conjugale de nous deux » (§ 40). Loin d'absorber et d'annihiler son épouse, l'Époux la « sur-personnalise » au point que les deux sujets, qui agissent chacun dans leur ordre de Créateur et de créature, semblent ne plus être deux mais donnent l'impression d'être rendus « uniques » par la perfection de leur union. Autrement dit, l'homme n'est jamais autant une « personne » que lorsque il est uni à la personne du Verbe, Dieu fait homme.

3. L'union personnelle dans le sacrement d'amour : l'Eucharistie

Jean de Saint-Samson a eu pendant toute sa vie une très grande dévotion au sacrement de l'Eucharistie. Dans l'ensemble de ses œuvres, ce sujet occupe une place importante, et il serait intéressant d'en faire une compilation pour avoir une vue d'ensemble sur sa pensée par rapport à ce sacrement et sur les multiples richesses qu'il y puisait pour sa vie spirituelle.

Mais ici nous nous limitons à ce qu'il en dit dans son *Épithalame.* Les paragraphes 9, 17, 25 portent directement sur ce sacrement qu'il appelle exclusivement le « sacrement d'amour » ; et le paragraphe 42 fait allusion à cette nourriture pour le temps présent, en l'associant à ce qu'elle deviendra dans l'éternité.

Jean de Saint-Samson nous réserve une surprise par sa façon de parler du « sacrement d'amour ». Mais, disons-le encore, on ne peut lui reprocher de n'avoir pas tout dit, alors qu'il a simplement voulu rester fidèle à la perspective qu'il s'était fixée dès le début de son *Épithalame.* Dans cet ouvrage, il se limite à ne parler de l'Eucharistie que par rapport à son rôle dans l'union personnelle et amoureuse qu'elle réalise avec son Époux.

Depuis saint Augustin, les théologiens ont coutume de distinguer trois aspects différents dans l'Eucharistie : le *sacramentum tantum,* c'est-à-dire le signe sensible du pain et du vin, appelé aussi les « espèces », les symboles visibles pris en eux-mêmes ; la *res et sacramentum,* qui est le Corps et le Sang du Christ, signifiés par le pain et le vin consacrés ; enfin, la *res tantum,* qui est la vie divine, la grâce, la divinisation communiquée par le Corps et le Sang du Christ offerts sur la Croix.

Par rapport à cette analyse du sacrement de l'Eucharistie, Jean de Saint-Samson ne retient que deux aspects : « Je n'admire point votre suprême puissance [...] par laquelle vous faites cet admirable et auguste Sacrement qui ne vous sert, sous le couvert de ses "apparences", qu'à me cacher et me voiler la gloire de votre Majesté » (§ 25). Le symbolisme du pain et du vin ne retient pas un instant son attention. Leur destination à devenir Corps et Sang du Christ n'est qu'une œuvre de « puissance ».

Tout de suite, il passe au troisième aspect du sacrement : « Par contre, j'ai une admiration infinie pour l'amour qui vous consomme [...] dans la réalité du très saint, très vénérable et très auguste Sacrement [...] qui vous contient vous-même, vrai Dieu et vrai homme, vivant en vue d'exalter par vous et en vous-même vos épouses » (§ 25). « Vous l'avez institué sous la poussée des excès de votre amour à mon égard pour vous unir personnellement [...] à mon désir de vous posséder en personne dans ce Sacrement d'amour » (§ 17). « Il transforme en amour [...] vos épouses [...] à l'instant même de leur union conjugale » (§ 9).

Jean de Saint-Samson ne dit pas un mot sur l'Eucharistie en tant que « mémorial de la mort et de la résurrection du Christ ». Le drame du Calvaire et les événements de Pâques sont passés sous silence, comme tous les autres événements historiques de la vie du Christ. Leur importance dans l'histoire du salut n'est pas pour cela mise en question, mais ils ne sont que des étapes provisoires, des signes, des preuves (« il n'y a pas de plus grande preuve d'amour que de donner sa vie »). Ils ne sont pas la réalité finale du dessein de Dieu ni de la destinée de l'homme. Ils sont ordonnés à un seul but : la naissance, la croissance, la consommation de l'amour divin dans le cœur des fidèles. L'auteur de l'*Épithalame*, qui a laissé de côté tous les moyens divers de sanctification, parle exclusivement de l'Eucharistie, et pour la seule raison que ce sacrement d'amour est le lieu unique ici-bas où se réalise l'union « personnelle et conjugale » de l'Époux et de l'épouse, comme d'une anticipation de l'union béatifique pour l'éternité.

Le silence de Jean de Saint-Samson sur les souffrances du Christ et sa mort sur la Croix, pour étonnant qu'il soit, nous amène à prendre conscience d'un caractère très particulier de l'*Épithalame* : c'est une hymne à l'amour qui ne cède strictement rien à une spiritualité « doloriste ». Jean de Saint-Samson épouse directement la volonté finale du dessein de Dieu et ne s'arrête pas à ses moyens. La Croix n'est pas une fin en soi ; cette vérité condamne un dolorisme qui a malheureusement et très longtemps marqué la foi et la vie chrétienne. La spiritualité de Jean de Saint-Samson dans l'*Épithalame* se manifeste totalement étrangère à ce courant fort répandu à son époque. La Croix n'est qu'un moyen de révélation de l'amour de l'Époux pour l'épouse ; elle n'est qu'une étape, un événement temporaire de l'histoire de la Révélation ; elle donne une mesure humaine de cet amour ; mais l'amour de l'Époux pour son épouse dépasse infiniment cette preuve d'amour, car la personne qui la donne est une personne divine, celle du Verbe. Alors, quand l'épouse rencontre son Époux dans l'union personnelle et conjugale que lui apporte l'Eucharistie, le mémorial de la mort s'efface devant ce qu'il révèle : l'amour divin qui nourrit et consomme en lui et dans sa béatitude l'amour de son épouse. Encore faut-il, bien sûr, que l'épouse soit prête à le recevoir ainsi dans la foi !

Dès le jour de la Pentecôte, l'apôtre Pierre enseignait aux premiers chrétiens à vivre ce dépassement de l'événement historique de la Croix : « Que toute la Maison d'Israël le sache avec certitude : Dieu l'a fait Seigneur et Christ, ce Jésus que vous avez crucifié » (Actes, II, 36).

4. Extase et vision béatifique : le temps et l'éternité

On peut se demander jusqu'à quel degré d'intimité s'est réalisée dès ici-bas l'union de personne à personne entre Jean de Saint-Samson et le Verbe fait chair. En particulier, dans les derniers chapitres de l'*Épithalame*, il semble qu'il y ait comme une sorte d'hésitation, d'ambiguïté dans le texte lui-même quant à l'emploi du temps, présent ou futur, pour parler de la vision béatifique, de la « consommation » de leur amour et de leur béatitude. Seule une étude approfondie du texte peut nous renseigner sur la nature de l'expérience mystique de l'auteur.

Au paragraphe 29, il écrit : « Vous êtes entré en moi, au moment même où j'en parle [...] en réalisant la très étroite union de nous deux. »

De quoi vient-il de parler ? Dans le chapitre qui précède, il a évoqué, au futur, « l'union mutuelle et infinie de nous deux dans la chambre nuptiale [...] quand vous y serez entré ». Il n'y a pas de doute : il s'agit de la vision béatifique, à laquelle l'épouse est appelée après la mort.

Dans ce contexte, que peut signifier l'événement dont parle l'auteur : « Vous êtes entré en moi, au moment même où j'en parle » ?

Cette incise, qui semble volontairement discrète, pourrait bien s'entendre d'une extase qu'aurait Jean de Saint-Samson au moment même où il dicte son *Épithalame.* Cette extase, qui survient à l'improviste, lui donne l'expérience mystique de la vision béatifique dont il vient de parler. Il semble, d'ailleurs, faire allusion à de multiples expériences de ce genre : « Tant et tant de fois je vous ai englouti en personne (dans le passé) comme je vous tiens et vous possède (à présent) dans ce même engloutissement que j'ai fait de vous en moi » (§ 32 ; cf. 42). L'Époux semble lui-même confirmer ce fait : « La vision et la connaissance que tu as déjà et que tu auras très parfaitement (après ta mort) » (§ 44).

Les spécialistes de la théologie mystique discutent de la possibilité d'une telle expérience de la vision intuitive de Dieu dès ici-bas.

Cependant, si l'on admet que Jean de Saint-Samson ait eu cette grâce, on s'explique plus facilement que, dans la suite du texte de l'*Épithalame*, il s'exprime sur son union à l'Époux de telle façon que le présent et le futur semblent se confondre et qu'il puisse parler de cette union personnelle et béatifique où « nous ne sommes qu'un, en l'un et unique de nous deux » (§ 31), comme si elle était déjà réalisée et indestructible. Il déclare lui-même : « Dans cet état de jouissance de vous-même, je suis éternel[le], sans temps ni éternité, ni même sans court instant » (§ 37).

Cette vision, qu'on peut dire pour le moins « intensive », si ce n'est « intuitive » (§ 31), réalise une telle union avec l'Époux divin que la notion de temps semble échapper à l'épouse ; elle entre dans une durée qui n'a ni avant ni après, car la béatitude dont elle jouit lui donne l'expérience immédiate d'avoir atteint le terme de sa recherche ; sa quête du bonheur est achevée, l'inquiétude de son devenir a fait place au « repos » dans l'union à son Époux (§ 36, 37, 38).

Les souffrances dues au sentiment d'absence de son Époux sont évoquées par l'épouse comme appartenant à un passé qui ne reviendra pas (§ 33, 34).

La mort elle-même peut être désirée ; elle ne changera pas substantiellement l'union béatifique à son Époux dont jouit déjà l'épouse (§ 36). Dès avant la mort, faire cette expérience de Dieu est, d'une certaine façon, faire l'expérience de la mort ; c'est la dépasser pour entrer dans la plénitude de la vie et du bonheur : « Ah ! je défaille [...] je meurs et expire d'amour et de bonheur, à l'intérieur de votre sein, au plus profond de votre Être, dont la beauté exquise et délicieuse exalte avec puissance ma vie de bonheur et d'amour [...] » (§ 37).

Et pourtant, l'Époux annonce à son épouse que le degré de béatitude dans la vision de l'au-delà sera encore plus intense : « La jouissance que tu auras de moi en moi et la jouissance réciproque que j'aurai de toi en toi seront différentes et éloignées, par un état d'excellence très parfaite et de hauteur supérieure, de ce que nous avons [...] en cette vie présente et en cet état mortel qui est le tien » (§ 44). « Nous nous embrasserons d'une toute autre manière » (§ 45).

Qui pourra dire jamais si la vision intuitive de Dieu, dans l'extase dès ici-bas ou dans le face-à-face de l'au-delà, peut atteindre à un degré de saturation où il n'y aurait plus de dépassement possible dans la connaissance et l'amour du Tout-Autre, l'Infini, le Transcendant ?

Pour le contenu de la vision béatifique, Jean de Saint-Samson explique que l'amour de l'épouse a pour objet direct et immédiat l'amour que l'Époux a pour Lui-même. L'amour est l'Être de Dieu ; et Dieu ne peut se projeter dans un bien infini à aimer, autre que Lui-même. La créature appelée à devenir « participante de la nature divine » est, par là même, appelée à participer à l'Amour substantiel qui est Dieu.

Le Christ nous a appris que cet amour n'est pas égocentrique, mais un flux vital qui court entre les trois Personnes de la sainte Trinité. Par la vision béatifique, le voyant est introduit dans ces relations divines du Père au Fils dans l'Esprit par l'humanité divine du Verbe fait chair. C'est ce qui permet à l'épouse de déclarer : « Vous êtes la Vie de ma vie et l'Amour de mon amour » (§ 7) ; « Nous nous embrassons très étroitement l'un l'autre dans la dimension infinie de Vous-même, où je suis, non pas quelque peu amoureuse de vous, mais absorbée dans le même amour que vous êtes pour vous-même » (§ 6) ; ou encore : « Amoureuse de vous au point où je le suis, qu'il s'agisse d'amour ou d'un état supérieur à l'amour, c'est que je suis au sein de l'amour même (que vous avez) de vous-même ! »

L'épouse, devenue par la vision intuitive un « unique de nous deux » dans « un même amour » avec son Époux, participera à l'amour filial et divin du Verbe pour son Père dans l'Esprit qui les unit : « Cette consommation de notre mariage se situe à un niveau supérieur à celui de la force conjointe de notre union [...]. Elle s'effectue en l'unité divine de Dieu même où résident les trois Personnes de la Trinité, pour le comble de leur béatitude donnée et reçue, la même [...] qui enlace l'une par l'autre et l'une en l'autre » (§ 14).

Quant au bonheur que procurera à l'épouse la vision béatifique de son Époux, il sera celui-là même de son Époux :

« Là, tu posséderas en moi, au cœur de la plénitude même de mon bonheur, tant celui qui concerne mon être intime que celui qui s'ajoute de l'extérieur, la plénitude même de ton propre bonheur parfaitement achevé » (§ 46).

L'auteur distingue en Dieu deux sources de bonheur : d'abord celui qui est inhérent à la divinité, « qui concerne son être intime » (§ 43, 46), « dans la permanence et l'immuabilité de moi-même et de ce que je suis, de mon bonheur et de ma gloire infiniment infinie » (§ 43), – l'autre source de bonheur étant « celle qui s'ajoute de l'extérieur » (§ 46), c'est-à-dire celle que lui procurera l'ensemble de la création, de toutes ses œuvres *ad extra* parvenues au terme de l'histoire et au degré final de la perfection à laquelle Dieu les a appelées dès les origines.

L'épouse est appelée à partager avec son Époux cette double béatitude : « Unie d'une unité très parfaite à ton suprême Centre, tu posséderas en moi, au cœur de la plénitude même de mon bonheur, tant celui qui concerne mon être intime que celui qui s'ajoute de l'extérieur, la plénitude même de ton propre bonheur parfaitement achevé, pour ton être intime et ce qui s'y ajoute, dans ma propre béatitude et dans la tienne » (§ 46). Pour Jean de Saint-Samson, les « Voyants Dieu » verront aussi les créatures, les aimeront à la façon du Verbe fait chair et se réjouiront du bonheur que l'Époux lui-même trouvera dans ses épouses, dans un monde sauvé et glorifié par Lui.

IV. L'épouse amoureuse : prière et action

L'étude que nous venons de faire du contenu doctrinal de l'*Épithalame* risque un peu de nous avoir fait perdre de vue son auteur, Jean de Saint-Samson, et sa vie concrète. Ses sentiments religieux et passionnés sont tels qu'il ne craint pas d'interpeller le Verbe fait chair avec une familiarité étonnante : « Mon Amour et ma Vie, je suis votre épouse d'amour et de sang et, réciproquement, vous êtes mon Époux d'amour et de sang » (§ 24).

1. Prière d'union personnelle

Dans la présentation de l'œuvre du point de vue littéraire, nous avons eu l'occasion de dire que l'*Épithalame* de Jean de Saint-Samson ne pouvait être classé comme une œuvre de caractère poétique, tout au moins dans le sens où on l'entend en littérature.

Parmi les grands auteurs mystiques, on peut dire que saint Jean de la Croix fut un poète, qui a largement utilisé les images de la nature et les procédés classiques de la poésie. C'est peut-être pourquoi l'auteur d'une récente biographie de Jean de la Croix a affirmé de façon péremptoire que tout mystique devait nécessairement être un poète.

Cette affirmation n'est déjà plus aussi valable pour Thérèse d'Avila, qui était une femme d'esprit pratique et douée d'un bon sens très réaliste qui la portait à rédiger ses œuvres sous forme d'analyse des situations concrètes aussi bien de la vie intérieure que du monde extérieur.

Jean de Saint-Samson n'est ni un poète à la façon de Jean de la Croix, ni un esprit positif comme Thérèse d'Avila. C'est un intuitif, dont la pensée est plutôt synthétique, qui focalise sur l'essentiel, faisant abstraction des contextes historiques autant que des fleurs de rhétorique. Est-il moins mystique pour cela ? Prétendre qu'une œuvre authentiquement mystique est nécessairement poétique relève – nous semble-t-il – d'une confusion entre la poésie et la passion.

Jean de Saint-Samson n'est sans doute pas poète ; mais, assurément, il est un mystique, et non des moindres, car c'est un grand passionné. Un passionné de son Époux divin, un enivré de Dieu qui trouve pour clamer son amour des expressions de feu. Il est vrai que son vocabulaire est plutôt abstrait, et la tournure de sa pensée plutôt philosophique, mais est-ce une tare devant Dieu ? On admet sans difficulté que chaque science ait un langage qui lui soit propre et spécifique. Jean de Saint-Samson avait, lui aussi, pour accoutumée de se servir de la langue de la théologie thomiste et des catégories de la métaphysique d'Aristote. On ne peut prétendre que Dieu n'entendrait pas ce langage et que la passion amoureuse ne puisse s'exprimer dans ses termes.

Loin d'être un cours de théologie « sur Dieu » qui s'adresserait à des étudiants, il n'est pas possible de lire l'*Épithalame* sans y entendre une prière chaleureuse, un long psaume d'adoration, une hymne d'amour passionnée où, comme un refrain, reviennent des invocations sans cesse répétées, semblables aux mots doux qu'échangent entre eux des amoureux : « O mon Amour, ô mon Époux, ô le centre de mon cœur, ô le comble de mes délices ! Ah ! ma Vie et mon Tout… » (§ 37 *et passim*). C'est un dialogue où s'enlacent indéfiniment le « toi et moi » dans un « unique de nous deux ».

C'est une prière, la plus simple qui soit, celle du couple Époux-épouse, de leur union conjugale « à un niveau supérieur » (§ 14, 32) où, dans le silence des mots, le regard intérieur saisit la pensée du bien-aimé et « s'engloutit » en lui.

On est surpris par la multiplicité de ces exclamations, de ces « cris de jubilation » qui montent non de l'imagination ou d'une sensibilité superficielle, mais du plus profond du cœur. Ces appellations, d'une intimité qui ne trompe pas, sont d'autant plus précieuses pour donner à l'*Épithalame* tout son sens que le texte est souvent abstrait. Elles témoignent presque à elles seules que, même à ce niveau, la sensibilité affective peut être intense chez un mystique. Grâce à ces expressions, Jean de Saint-Samson fait deviner au lecteur que son union personnelle au Verbe fait chair ne se paie pas seulement de mots, ni de constructions intellectuelles « sur » Dieu, mais qu'elle affecte au plus profond de sa vie la totalité de son être, comme l'amour devient murmure, cri et soupir entre époux et épouse.

Saint Augustin enseignait dans une homélie sur le psaume 32 : « Ne cherche pas des paroles comme si tu pouvais exprimer ce qui plaît à Dieu. Chante par des cris de jubilation. Bien chanter pour Dieu, c'est chanter par des cris de jubilation [...]. Ce cri est un son manifestant que le cœur enfante des sentiments qu'il ne peut exprimer. Et à qui cela convient-il le mieux qu'au Dieu inexprimable ? »

Jean de Saint-Samson n'ignore pas que d'autres épouses sont favorisées des mêmes prévenances de l'amour divin et il les invite à chanter comme lui et avec lui « un chant nouveau » pour un tel Époux : « Chantez hardiment, ô épouses d'un Époux tel que le mien : vous qui êtes mes compagnes par un sort et une jouissance aussi heureux que les nôtres » (§ 12).

La prière de l'auteur de l'*Épithalame* ne consiste pas à « demander des fleurs ni des pommes » (§ 48), ni à méditer de façon savante (bien qu'il l'ait fait dans le passé) sur les perfections divines, ni sur la toute-puissance du Créateur dans l'œuvre de la Création (§ 25). Même par rapport à l'Eucharistie, il sait ne pas s'arrêter aux « apparences » visibles du sacrement, le pain et le vin consacrés. Il va directement à « la réalité qui vous contient vous-mêmes, vrai Dieu et vrai homme, pour nourrir et transporter en vous ses épouses » (§ 25). Aucun des événements historiques de la vie du Christ, même pas sa mort ni sa résurrection, ne fait l'objet de sa méditation. Sans aucun doute a-t-il utilisé d'autres formes de prières au cours de sa vie, mais l'*Épithalame* est un chant d'amour d'un type tout spécial, qui impressionne par sa rigueur à ne vouloir être autre chose qu'un dialogue entre époux, centré sur leur union personnelle.

Par rapport à une prière qu'on pourrait appeler « événementielle » parce qu'elle serait liée aux faits historiques, et par conséquent transitoires, soit de la vie terrestre du Christ, soit de ce qui est vécu au quotidien, souvent dans les difficultés et les épreuves, par celui qui prie et qui risque de s'enfermer dans une prière introvertie, trop centrée sur des intérêts passagers, on pourrait appeler la prière de Jean de Saint-Samson, telle qu'elle s'exprime dans l'*Épithalame*, la « prière d'union personnelle » ou « prière de l'épouse à l'Époux ».

Notons simplement que cette forme de prière pourrait être comparée à la prière, dite « prière à Jésus », bien connue surtout dans l'Église orthodoxe.

2. L'action apostolique dans l'union personnelle

Il est arrivé qu'une certaine dichotomie se soit établie entre, d'une part, la vie religieuse orientée de façon presque exclusive sur la prière et, d'autre part, la vie apostolique animée d'un activisme débordant pour les œuvres caritatives ou même simplement sociales. Cela peut toujours se produire chez des personnes qui, individuellement, n'ont pas réussi à organiser la synthèse harmonieuse qui devrait toujours exister entre la foi et les œuvres. Le plus grave est qu'il n'a pas manqué d'auteurs pour prétendre que cette dichotomie était inévitable et que les mystiques ne pouvaient être des hommes d'action, ou inversement.

Nous n'avons pas l'intention d'écrire la biographie détaillée de Jean de Saint-Samson pour établir un bilan de ses activités apostoliques. Nous pouvons seulement citer son propre témoignage tel qu'il le livre dans l'*Épithalame.* Il a bien conscience que son union intime avec son Époux divin, loin d'être au détriment de son rayonnement, lui donne, au contraire, la force et toutes les vertus nécessaires pour agir, tant à l'intérieur de son couvent des Carmes que dans un monde beaucoup plus étendu. L'auteur en témoigne dans ce très beau passage de l'*Épithalame* :

> « Je suis belle [...] dans les bras de mon Époux,
> mais aussi en moi-même :
> par l'effet de son opération secrète et intime
> (en moi) [...],
> il me fait comporter, même à l'extérieur,
> en charité bien ordonnée
> avec bonne grâce, beau geste et belle conduite,
> pour l'illumination du commun des hommes,
> et la pratique parfaite de toutes les vertus,
> en égalité avec les autres épouses » (§ 26).

Jean de Saint-Samson, aveugle, reclus dans son couvent des Carmes, n'a aucun complexe d'infériorité par rapport à ses confrères ou aux chrétiens « engagés » de son époque.

Ses œuvres témoignent mieux encore que ses paroles : rappelons seulement qu'il est considéré comme le grand maître de la réforme des Carmes (réforme « de Touraine »), qu'il fut le conseiller de l'évêque du diocèse de Dol, monseigneur Antoine de Revol, de la reine Marie de Médicis, et que le « corpus » de ses écrits, dictés à des secrétaires, comporte plus de quatre mille pages (97 liasses) aux Archives départementales d'Ille-et-Vilaine.

V. Du couple mystique au couple humain

Pour conclure cette présentation de l'*Épithalame* de Jean de Saint-Samson, il nous semble intéressant de revenir sur le symbolisme de base utilisé par Jean de Saint-Samson : l'image du mariage humain pour décrire son expérience mystique.

L'analogie supposant toujours un fondement, il est possible, par un cheminement inverse, d'évoquer, à partir de la vie intime dont témoigne Jean de Saint-Samson, la vie des couples telle que l'expérience nous la fait connaître dans la réalité de la vie humaine. La relation personnelle Époux-épouse décrite dans l'*Épithalame* pouvant servir de modèle type, une réflexion sur le texte pourrait aider des époux à revaloriser leurs relations de couple et à rechercher une communion plus profonde qui, dans la joie, réaliserait quelque chose comme un « unique des deux ».

Il y a tant de foyers où les époux n'ont plus de relations ni même de dialogue, où ils sont enfermés dans des solitudes à deux, sans amour, sans joie, sans vie ! Inversement, des couples profondément unis peuvent connaître un bonheur incroyable dans des situations de dénuement matériel, culturel ou social presque total. Ce constat, avec toutes les nuances qu'il peut présenter, n'est-il pas une confirmation sur le plan humain du témoignage vécu par Jean de Saint-Samson sur le plan spirituel, à savoir que l'amour, et tout ce qu'il apporte de bonheur et d'accomplissement de chacun, consiste avant tout dans la qualité de l'union de personne à personne, qui fait « un unique des deux » ?

Jean de Saint-Samson, aveugle et orphelin dès son enfance, dépouillé volontairement de toute richesse humaine, vivant l'humble vie de simple frère convers dans le couvent des Carmes de Dol puis de Rennes, ne s'est jamais marié. Il a vécu l'ascèse personnelle et la solitude qu'impose le célibat consacré. Après avoir lu son *Épithalame*, peut-on douter de sa capacité à aimer, et penser qu'il ait été plus privé d'amour que s'il avait vécu dans le mariage et l'union intime de la vie conjugale ?

Quelle épouse dans un couple humain a jamais exprimé un amour aussi passionné, aussi pleinement « rassasié et rempli des excès de votre exubérance » (§ 11) ?

Ce qui, peut-être, frappe le plus le lecteur de son *Épithalame*, c'est l'extraordinaire jubilation qui vibre tout au long de son récit. Telle une épouse passionnée d'amour, il laisse éclater, à chaque page de son chant, la joie indicible et la jouissance émerveillée de son âme en présence de l'Époux divin, qui lui a fait découvrir que, de son côté, « il n'est pas seulement quelque peu enivré, mais divinement affolé de sa beauté » (§ 2, 3).

Jean PERRIN

II

Épithalame

Chant d'amour

de l'Époux divin et incarné
et de l'épouse divine
en l'union conjugale de son Époux

Transcription en français moderne
par Jean Perrin

1

Au lecteur.

Mon frère,
Qui que vous soyez,
si cet ouvrage vient à tomber en vos mains,
ne vous étonnez pas de ce que vous y verrez
si son titre vous porte à le lire,
comme il est probable que cela arrive.

Il porte
sur la hauteur éminente
de la relation entre Dieu
et l'homme saisi par lui [1],

sur la profondeur abyssale
de l'être de Dieu
et de l'agir de son amoureux,

sur l'amour lui-même qui unit
Dieu présent en l'homme
et l'homme présent en Dieu.

Il n'est fait pour personne,
sinon pour celui que cela touche
du fait qu'il en est devenu amour.

1. Jean de Saint Samson désigne « Dieu » et « l'homme » en utilisant les termes corrélatifs « Objet » et « sujet ». Cet usage est fréquent chez les auteurs spirituels de l'époque et il s'origine dans la philosophie aristotélicienne pour marquer la relation de connaissance et d'amour où Dieu et l'homme sont, tour à tour, considérés comme actifs ou passifs. Ici, l'épouse est désignée comme « sujet » dans l'acte de saisir Dieu qui s'offre à elle comme « Objet » (Ob : en face de), cf. 6.

Vous pouvez laisser ce que vous ne comprenez pas
dans ce traité, tel qu'il est,
puisqu'il est fait dans le but énoncé ci-dessus
avec la connaissance que j'avais, avant de le faire,
des exigences de ce sujet
en raison de sa hauteur tout à fait éminente.

Laissez donc cet ouvrage être comme il est,
sans vous alambiquer le cerveau autrement,
dans votre recherche pour le comprendre.

Il n'est pas assimilé de façon sensible, ni intellectuelle,
mais par l'amour, la simplicité,
en le prenant tout entier,
voire en se limitant à son contenu essentiel,
c'est-à-dire non dans sa totalité
mais seulement en partie.

Finalement vous y trouverez l'amour réciproque
de l'Époux envers l'épouse fidèle,
et de l'épouse pour l'Époux.
Si vous ressentez cela en quelque manière en vous-même,
dans l'ardeur de votre désir amoureux,
insatiable par-dessus tout de l'amour de l'Époux,
vous ne vous offenserez point
de ce que vous trouverez dans ce traité.

Au contraire, si vous ne ressentez rien de cela
et si vous y êtes tout à fait étranger,
à cause de hautes et profondes spéculations
ou autre chose,
ce traité ne peut pas vous toucher.
Vous pourrez néanmoins
vous démettre profondément de vous-même
en vous abaissant avec humilité
jusqu'au désir et à la curiosité
du commun des hommes

pour finalement le trouver bon,
en laissant votre raison vous y contraindre doucement.

Il m'importe peu que vous, ou un autre,
ne me voyiez, ne me compreniez
et ne m'entendiez pas sur cela,
ni sur le reste de ce que j'ai pu autrefois écrire.

Chaque vérité a son propre goût
et ses termes propres
pour se faire connaître à qui elle veut,
    plus ou moins,
    bien que ce soit de façon globale
    par rapport à ce qu'elle est.
Cela se vérifie aussi bien
chez celui qui la connaît de par lui-même
que chez ses semblables qui en ont connaissance[1].

1. L'auteur souligne sa difficulté à exprimer la vérité vécue, car le contenu du discours et le vocabulaire lui-même restent toujours soumis à une interprétation en grande partie subjective et personnelle, malgré un accord de fond partagée avec tous.

L'épouse

2

A l'amour passionné de l'Époux répond celui de son épouse, ravie et absorbée en lui.

De quoi est-il question à présent,
ô mon Amour et ma Vie ?
        Quoi ? Je vois bien ce que c'est :
        Il faut que je chante les amours sans pareils
        de l'Époux pour son épouse,
        et de l'épouse devenue amour en son Époux.

Mais vous, que faites vous, ma chère Vie et mon Époux ?
N'êtes-vous point passionnément affolé de moi ?
        Il faut bien croire que oui ; aussi n'en douté-je point.
Car, si ce n'était pas vrai, vous ne vous seriez jamais fait
chair de ma chair, os de mes os[1].

Non, vous n'auriez jamais abaissé
votre infinité qui remplit tout
        à la dimension de mon humanité,
        pour m'épouser avec ce que cela implique,
                ce qui est beaucoup dire !

1. Genèse, II, 23.

Dites moi, ma Vie, ô mon Époux,
tout ce mystère indicible
n'est-il pas objet d'admiration pour les séraphins
    plutôt que de phrases pour l'exprimer,
    de la part de votre épouse,
    qui ne sait, sur ce mystère et en sa faveur,
        qu'un peu balbutier ?

Et il faut s'étonner
si la contemplation de votre beauté intime et rayonnante
produit en moi et pour moi
une joie qui me ravit, au-dessus de l'admiration,
comme l'effet d'un amour qui absorbe en lui son objet.

Alors, soumise à cet effet de l'amour,
attentive et fixée à l'arrêt sur lui,
    l'épouse jouit ainsi de vous, son Époux,
    et de vos divines délices.
Ces délices sont pour elle, en vous-même, source à perpétuité
d'un amour très simple et très dépouillé
ainsi que d'une connaissance inexprimable et de réjouissance,
    à raison de ce que vous êtes
    et en ce que vous êtes.

3

Un amour impossible à exprimer.

Quoi donc, ah ! mon Époux,
si la vue ineffable et la jouissance que j'ai de vous
    pouvaient s'exprimer,
ainsi que la joie qui me réjouit de plus en plus
    du fait de ma jouissance indicible
    dont vous êtes l'objet,
sans doute le ferais-je.

Mais quoi ? Si je voulais ou pensais le faire,
    que ferais-je par là,
sinon m'amener et me réduire à l'impossible
en ce qui concerne l'exposition et la description de l'état,
    admirable au-dessus de toute admiration,
de ce qui se passe en vous et en moi.

La raison en est, en un mot et pour tout dire,
que je suis devenue amour
de l'amour qui est en mon Époux.

Vraiment, vraiment, les anges se rient à présent
de mon impuissance en me voyant en peine
de me dire à moi-même
qui vous êtes, votre amour et votre beauté,
pour m'en faire vivre et m'en ravir de nouveau
d'une joie toute nouvelle dans mes facultés.

Vu ce que je suis,
ce que je vois et ce que je possède
sont une réalité
qui dépasse la connaissance par le sens
et son expression par des mots :

Cette réalité se passe en vous, mon Époux,
et elle se passe en moi,
    que vous êtes entièrement.

    Et de ma beauté,
    vous n'êtes pas seulement quelque peu enivré,
        mais divinement affolé.

4

Cet amour se proclame par lui-même et commande le silence.

Que puis-je faire,
et que puis-je dire,
puisque vous êtes tout entier
dans ma propre chair ?
N'est-ce pas tout dire ?
Oui, puisque c'est être tout[1].

Et ce qui m'étonne sur ce fait
(je parle de la commune, réciproque et unique union
[de nous deux),
c'est de voir la hardiesse
qu'ont eue quelques-unes de vos épouses privilégiées
de découvrir aux hommes
les abîmes des abîmes de tout cela.

Mon étonnement tient au fait
qu'il est clair que parler de ces choses,
même aussi hautement qu'on puisse le faire,
c'est diminuer la gloire et la profondeur de notre union
[conjugale
réciproque, simple et unique
en notre chair et en notre esprit,
plutôt qu'en dire tant soit peu la réalité.

Au contraire, se taire et faire silence sur ceci
serait mon plaisir et toute mon inclination.

1. La présence divine de l'Époux dans son épouse donne à celle-ci de participer à l'immensité de l'être de Dieu et, par là même, elle devient « parole » vivante qui révèle Dieu.

Car je sais que dans ce silence
je dois et désire voir le mystère
de ce qui est ineffable en nous deux,
dans l'union réciproque et commune de nous deux.
En agissant ainsi, et par là même,
je vous honorerai infiniment.

Mais que dis-je ? Pardonnez-moi, ô mon Époux ;
je vous verrai et vous posséderai de façon indicible.
Mais que dis-je encore ? O mon cher Époux.
Pardonnez-moi si je semble ne plus savoir
ce que je dis, ni ce que je fais.
Nous nous posséderons ainsi l'un l'autre,
vous en moi et pour moi,
et moi en vous et pour vous !

5

Amour partagé : l'Époux divinise son épouse ;
en retour, celle-ci le comble de joie.

Que reste-t-il à dire et à penser de cela,
puisque nous sommes tous deux en notre centre
[et repos ?
On a beau parler sur ce sujet,
je sais la différence avec la réalité elle-même.

Vous m'avez, ô mon Époux, ravie de vous et en vous ;
et ainsi vous me tenez divine
en votre divinité et de votre divinité.
Je le crois fermement : ce n'est pas étonnant,
car je suis votre épouse
toute consommée d'amour en amour,
toute divine et toute perdue en vous.

Oui ? Pensiez-vous donc de bonne foi
posséder votre épouse tout seul,
sans qu'elle vous possède aussi,
en la force de notre amour,
à la fois, arraché et partagé,
qui nous ravit en tout également de bonheur,
en notre commune jouissance et notre commun repos ?

Par là même, cet amour nous fait nous serrer
de plus en plus étroitement
l'un l'autre,
dans la force de nos embrassements sans pareils.

Ainsi, sommes-nous également contents,
également satisfaits
dans le bonheur qui nous ravit l'un de l'autre
et l'un pour l'autre.

6

L'expérience de cet amour enlève tout désir et moyen d'en parler.

Je ne veux donc plus que vos épouses s'emploient
à vous *annoncer que je languis de votre amour*[1],
puisque nous nous possédons l'un l'autre
en notre jouissance commune,
nous embrassant très étroitement l'un l'autre
dans la dimension infinie de vous-même,
où je suis, non pas quelque peu amoureuse
[de vous,
mais absorbée dans le même amour
que vous êtes pour vous-même.

Aussi l'épouse qui en a l'expérience
sait à quel point les traits et attraits
de votre ravissante beauté,
ainsi que les délices,
dans lesquelles vos épouses sont fondues de bonheur
et d'amour,
au cours de leurs embrassements divins et sans pareils,
ne peuvent être exprimés par des paroles,
quel que soit leur degré de profondeur et de vérité.

Car, la vision exaltante de vous-même
comme Objet qui transporte en lui-même son sujet[2]
– c'est-à-dire votre épouse que je suis –

1. Cant., V, 8.

2. Toute connaissance est, par sa nature même, un mouvement centripète : le sujet connaissant tire à soi l'objet connu. Ici, c'est l'inverse qui se produit car il s'agit d'une connaissance amoureuse. C'est l'Époux (Objet) qui transporte en lui son épouse (sujet) par la vision qu'elle en a et qui fait d'elle une épouse séduite, « ravie », captivée.

lui ôte et lui enlève le désir et la parole
au moment même où elle est saisie
par la force irrésistible
de son bonheur infini,
possédé infiniment au-delà de la connaissance sensible,
au point de ne vouloir ni oser, ni même pouvoir
rien dire pour l'exprimer.

7

L'Époux divin a pris chair pour être semblable à son épouse.

Mais quoi ? A quoi pensé-je et que fais-je ?
Ne vous semble-t-il pas, ô mon cher Époux,
que je veuille construire et établir tout mon bonheur
et la jouissance que je puise en vous
en ne considérant que votre seule nature divine ?

Oui, mon Amour,
là sont bien tout mon plaisir et mes délices.
Néanmoins, je veux aller plus loin
– sans vous quitter–,
en l'amour et pour l'amour de la chair
unie à votre divinité même,
dans le seul but d'aimer désormais d'un amour unique[1],
tout comme votre divinité même,
la chair même que vous avez aimée jusqu'à maintenant,
ou, pour mieux dire, pour toujours
comme étant vous-même,
puisqu'elle est à vous et pour vous.

Mais où et de qui l'avez-vous prise, sinon de moi ?
De sorte que vous êtes
chair de ma chair, os de mes os[2]
autant que la Vie de ma vie et l'Amour de mon amour.

Pourquoi, d'ailleurs, la preniez-vous ainsi de moi,
avec ma condition humaine dans ma condition ?
N'aviez-vous point l'équivalent en votre béatitude ?

1. Dans l'Époux, la chair est unie à la divinité ; aussi l'épouse ne peut-elle les séparer dans sa connaissance et son amour.

2. Gen., II, 23.

Pourquoi donc l'avoir prise de moi,
sinon parce que vous vouliez que je l'aime éperdument,
de telle sorte que j'y établisse mon repos,
comme étant une même chose
avec mon Époux et en mon Époux que vous êtes ?

Et vous étonnerez-vous
si, dans l'élan de mon amour ardent,
je vous embrasse tout nu[1],
tout divin en votre divinité
et tout divin en votre humanité,
vous qui n'êtes et qui n'avez pour votre gloire et votre
[félicité
qu'un seul et unique moi personnel[2] divin et humain,
en votre divinité et en votre humanité.

1. « Tout nu » n'a rien à voir avec le sens courant. L'expression est usuelle chez les auteurs mystiques connus par Jean de Saint-Samson. Elle signifie que l'amour de l'épouse se porte directement sur la personne unique de son Époux, sans s'arrêter à ses deux natures, divine et humaine. L'objet de l'amour est le tout de l'Époux dans son unité. L'auteur énonce la doctrine du concile de Chalcédoine.

2. Cette façon de voir l'Époux dans l'unité de sa personne rend légitime l'expression « tout divin en votre humanité ». C'est l'application de ce que la théologie appelle la « communication des idiomes ».

8

Que le Verbe se soit fait chair pour elle exalte l'amour de son épouse pour lui.

Dites-moi, ô ma Vie,
eût-il été possible que votre épouse,
voyant le Verbe éternel du Père éternel fait chair,
aux dimensions de la brièveté du temps
et de l'étroitesse de son monde,
pour m'épouser et me rendre toute divine
en sa propre divinité,
tant par la puissance que par la surpuissance
qui naissent de son bon plaisir inventif,
sous l'impulsion de la force secrète et efficace
de l'amour à la fois de lui-même,
de lui en moi et de moi en lui,
dans l'unité que nous formons tous les deux…

eût-il été possible – dis-je –
qu'au premier instant
qu'elle a pris conscience de cela
votre épouse que je suis
ne fût pas transportée de joie et d'amour,
dans l'amour de son Époux divin et humain
que vous êtes ?

Non, non, il ne pouvait ni ne devait en être autrement ;
car, pourquoi tout cela, et dans quel but,
sinon pour nous posséder sans obstacle et à plein
l'un l'autre,
unis par la force divine et divinement efficace
de nos embrassements mutuels, simples et sans pareils.

L'action, la passion[1]
et la jouissance de ces embrassements,
dans le repos commun
et le plaisir qu'ils nous procurent,
sont pour nous absolument impossibles
[à exprimer.

1. Ces termes, souvent employés dans l'*Épithalame*, sont à prendre dans le sens des catégories de la métaphysique d'Aristote.

9

Par revanche sur le péché, l'Époux a pris chair et se donne dans l'Eucharistie pour consommer l'union conjugale.

Mais quoi, mon Amour ?
Chacun s'étonne, et même vos épouses les plus chéries,
de la vengeance si étrange
que vous avez prise sur vos épouses
à la suite de leur première infidélité[1].
Car la vengeance que vous avez prise d'elles
a été de les épouser toutes
en les unissant à votre nature et Majesté divines.

[Vous l'avez fait]
au moyen d'un mystère tellement ineffable[2]
et du sacrement qui le contient[3],
celui que vos divines épouses
appellent à juste titre et expérimentent
comme Sacrement d'amour unique.

Il transforme en amour,
de plus en plus et de mieux en mieux,
vos épouses d'amour,
en vertu de la force de ce même amour actif,
qui fait déborder en elles
du plus profond de vous-même,
à l'instant même de leur union conjugale[4],

1. Il s'agit de la rupture du péché originel.
2. L'Incarnation.
3. L'Eucharistie.
4. Étant donné le contexte relatif à l'Eucharistie, il est probable qu'il s'agit ici de l'instant de la communion sacramentelle.

le torrent de vos divines lumières, joies et délices,
pour la consommation de notre mariage divin.

Celui-ci est divinement consommé en elles et en vous,
mais plutôt en l'unique de nous deux,
où nous sommes
vous-même en vous-même,
votre amour en votre amour,
vos délices en vos délices,
votre contemplation perpétuelle
en votre joie et contemplation.

[Nous sommes] violemment entraînés, de façon continue,
du torrent actif de notre jeu amoureux, commun
[et réciproque,
à cette commune, réciproque et simple jouissance
[l'un de l'autre,
simplement consommée en l'unité de nous deux,
en identité d'esprit, de vue et de pensée,
d'intelligence, d'attention, de lumière, de repos,
aussi bien que d'amour.

Voilà, mon Amour,
voilà ce qu'est votre amour quant à sa fécondité.
Nous en sommes les bien admirables et prodigieux
[effets,
non de par nous-mêmes, mais par vous
qui répandez de vous le même amour
en nous et pour nous.

10

L'étrange vengeance : le Verbe, semblable à son Père,
s'est fait semblable à ses épouses par la chair.

Chacun sait bien, ô ma Vie et mon Époux,
qu'avant le débordement extérieur et visible[1]
de votre amour en vos épouses et pour elles,
vous n'aviez de semblable que par rapport à vous-même.
Aussi suffisait-il d'avoir cette ressemblance
de par le courant vital, plénier et éternel venant du Principe[2]
qui est à l'origine de votre éternelle production,
dans sa fécondité infinie.
Par cette production,
vous êtes semblable à ce Principe,
tout en étant distinct de lui-même, en lui-même[3].

Elle ne dévalue en rien [le fait de] ma propre production[4]
en la nature humaine,
dans le dessein de vous rendre semblable
à moi en moi,
– ou plutôt pour mieux dire en ce qui concerne
[cette vérité –
votre dessein était de me rendre totalement semblable
à vous-même en moi-même,
faite vous-même de vous-même
en vous-même et pour vous-même.

1. C'est-à-dire l'action de l'Époux dans le monde créé, par opposition à sa Vie divine immanente au sein de la Trinité.

2. Le Père.

3. Cette « production » est la génération éternelle du Fils. Elle est immanente ; le Fils est dans le Père.

4. Il s'agit de l'acte créateur.

Mais alors, mon Amour,
si c'est ainsi que vous vous vengez de moi
pour les injures autrefois reçues de moi,
votre vengeance est non seulement tolérable,
mais très douce et délicieuse,
  d'autant plus qu'elle est faite d'amour pour l'amour,
  pour que je devienne et sois amour
  en l'amour unique de nous deux.

O mon Époux, est-il permis de se venger ainsi !

11

La « vengeance » de l'épouse sera, à son tour, de se plonger en son Époux pour en être remplie et débordante.

Mais puisque l'amour veut
que je me venge de vous de la même façon,
    c'est-à-dire à la mesure de votre amour,
    exclusivement, pleinement et profondément possédé
    pour vous et pour moi, en vous,
je me vengerai, de la même façon, dans le même domaine,
    c'est-à-dire en ne cessant
    avec la force et la vigueur de mon amour infini,
    de me plonger en vous
        de profondeur en profondeur
        et d'abîme en abîme,
jusqu'à ce que, à force de donner et de recevoir en amour,
je sois totalement réduite et consommée
    en vous et en votre amour,
au point d'adhérer à vous
    directement, sans intermédiaire et sans voile
    par la simple vision
    que j'aurai de vous en votre intimité,
        toute perdue en vous que je serai alors.

Faut-il donc s'étonner
de me voir faire un tel procès, à cor et à cri,
pour vous aimer sans partage et sans obstacle,
tant au-dedans de moi-même
que dans mon comportement extérieur,
de façon à vous posséder toujours également,
à la mesure de l'insatiabilité infinie de mon désir amoureux ?

Celui-ci n'est et ne sera jamais pleinement rassasié
qu'en vous possédant sans obstacle ni limite
et qu'en regorgeant totalement de vous
au point de rejaillir sur les autres
en telle abondance
qu'ils seront eux aussi rassasiés et remplis
des excès de votre exubérance.

12

L'épouse n'est pas enfermée dans son amour.
Elle invite les autres épouses à chanter en chœur avec elle
le cantique d'action de grâce à leur Époux divin.

Chantez hardiment,
ô épouses d'un Époux tel que le mien ;
vous – dis-je – qui êtes mes compagnes
par un sort et une jouissance aussi heureux que les nôtres.

Chantez à mon invitation pressante,
comme je chanterai à la vôtre,
un cantique nouveau
exprimant d'infinies louanges
à la grandeur et à l'amour,
qui dépassent toutes bornes,
de notre Époux à notre égard.

Il en vient à nous épouser
de façon si admirable
qu'il nous déifie de lui et en lui
        en nous donnant sa forme divine
et qu'il fait, de nous,
        lui-même, en lui-même.

13

Aux prévenances de son Époux,
l'épouse répondra par un assaut de générosité, mais elle sait d'avance qu'elle sera vaincue en amour.

Mais, ô ma douce Vie,
je ne vous ai pas spécifié
les moyens que je voulais prendre
pour me venger de vous
sur la douce et amoureuse guerre que vous me faites
en perpétuité d'amour.

Voilà ce que je ferai dans ce but :
de même que vous vous plaisez aux actes
de votre plus profond amour,
par lesquels vous venez incessamment à moi,

moi aussi je m'appliquerai,
par la force infinie de mon propre amour
correspondant au vôtre,
à aller incessamment à vous.

Alors, dans nos rencontres de l'un et de l'autre,
fréquentes, et même infiniment fréquentes
pour mieux dire,
sans cesse
nous nous affronterons d'esprit à esprit,
jusqu'à ce que l'un de nous deux
ait succombé dans son combat.

Mais que dis-je ? Pardonnez-moi, ô mon Amour,
mes excès en parole et en pensée ;

je veux dire : nous lutterons
jusqu'à ce que mon action,
mon pouvoir et mes forces,
vivifiés par vous et par votre amour,
aient succombé aux vôtres et par les vôtres,
de telle sorte que je sois totalement vaincue
pour me laisser désormais conduire
et posséder sans obstacle ni limite,
sans aucune résistance possible de ma part.

14

Le mariage divin fait entrer l'épouse au sein de la Trinité.

Chantez donc, mes chères compagnes, à notre Époux
un cantique nouveau de louanges infinies
répondant à mon invitation.

Il a si admirablement montré
les excès de ses merveilles infinies
dans la consommation profonde et totale
de notre mariage divin avec lui
consommé en toute simplicité et en unité parfaite
de lui en nous
et de nous en lui !

Cette consommation de notre mariage
se situe à un niveau supérieur[1]
à celui de la force conjointe de notre union,
qu'elle vienne de nous et de lui
ou de nous à lui.

Elle s'effectue en l'unité divine de Dieu même
où résident les trois personnes de la Trinité,
pour le comble de leur béatitude donnée et reçue[2],
là même où elles se réjouissent
à satiété et en plénitude,

1. Cf. 32 et 40 : L'épouse est rendue « participante de la nature divine » de son Époux au niveau ontologique, qui va plus loin que celui de la simple relation psychologique de l'amour.

2. Il s'agit du flux de la vie divine qui unit les trois Personnes et les distingue dans leurs relations mutuelles de génération, de filiation et de spiration. Leur unité fait leur béatitude ; elle est aussi le fondement de l'union et de la joie de l'Époux et de l'épouse.

dans la contemplation globale et mutuelle
qui enlace l'une par l'autre
et l'une en l'autre.

15

Comment exprimer l'union avec l'Être absolu qui dépasse toute connaissance ?

Dites-moi, mon Époux,
ai-je mal parlé et mal pensé
quand je vous ai montré et fait comprendre
que je ne dois pas échapper à cette situation
de ne rien pouvoir exprimer de notre amour ?

En effet, la jouissance et la possession
que nous y prenons l'un et l'autre
sont au-delà de toute explication,
car cela se passe en une vision et un repos
infiniment indicibles.
Elles ne peuvent être exprimées
par quelques idées représentatives,
élaborées ou infuses,
qui ne pourraient être qu'à une infinie distance
de ce qu'est notre union.

A quoi sert-il d'exprimer les choses-qui-sont
par les choses-qui-ne-sont pas,
ou, pareillement, d'exprimer celles-qui-ne-sont pas
par celles-qui-sont[1] ?

1. « Les choses qui sont », c'est la réalité du vécu dans la « jouissance et possession indicibles ».

« Les choses qui ne sont pas », ce sont les « idées représentatives », donc abstraites, irréelles et nécessairement inadéquates, car les idées et les mots ne peuvent jamais égaler et épuiser la réalité. Inversement, il est impossible de traduire de façon exacte en paroles et même en idées la réalité vécue, la richesse de l'être réel étant infinie et inépuisable.

Car, dites-moi, ma Vie et mon Amour,
où est la vérité de tout ce qui se rapporte
à l'Objet qui me ravit de lui et en lui,
dans la plénitude de ce qu'il est,
plénitude dont je me sens déborder
plus abondamment qu'on ne peut le penser ?

Où est-elle cette vérité,
sinon en vous, qui êtes au-delà de l'être[1],
en l'éminence de l'être et en l'éminence du non-être,
en l'être et au-delà de l'être,
connu par la voie de la suréminente négation.

1. Toute vérité prend sa source dans l'Être de Dieu, qui peut être connu par les voies de l'analogie à partir des êtres créés.

16

L'Époux se révèle en son épouse par la beauté qu'il lui confère.

Cette vérité, vous l'êtes,
dans son accomplissement en nous deux.
Aussi, vos épouses ne sauraient jeter les yeux sur moi
sans voir que je suis votre chère et unique épouse,
    grâce aux signes évidents et manifestes
    de votre radieux et exubérant amour,
    qui a manifestement sa source en vous,
    tout en étant de moi
    – que je m'en aperçoive ou non –,
    encore que tout mon désir soit
    d'être perpétuellement au-dedans de vous-même,
    à la fois cachée et connue de vous seul,
    vous qui êtes mon Époux, ma Vie et mon Tout.

Qui donc s'étonnera de me voir belle
de la beauté insigne que vous êtes, ô mon Époux ?

    Non, on ne s'étonnera point
    de me voir dire publiquement,
    à propos de moi-même,
    que je suis toute belle,
    si tant est que je le fasse !

Car, convoitant ma beauté comme vous le faites,
vous la rendrez parfaite jusqu'à son entier accomplissement
de votre beauté et en votre beauté infinie,
pour votre pleine satisfaction [1].

1. La beauté de l'épouse est une participation à la beauté de l'Époux.

17

L'épouse a faim et soif de posséder son Époux
par l'Eucharistie qui la rassasie d'amour.

Mais quoi, mon Amour et ma Vie,
pendant que je m'amuse
– entraînée par la fougue de mes débordements –,
à traiter avec vous des excès
qui sont les vôtres autant que les miens
dans notre mariage divin
divinement consommé avec la force de ces excès,
je m'oublie moi-même quant à mes nécessités
les plus urgentes et extrêmes,
relatives à la faim et la soif dont je souffre.

Et, pour vous dire la vérité, ô mon Époux,
je suis malade d'amour
dans l'abondance de la joie,
que me procurent tant ma faim que ma soif.

Car j'ai faim et soif infiniment
de vous posséder personnellement et totalement,
caché sous le manteau de votre Sacrement amoureux[1].

Vous l'avez institué sous la poussée
des excès de votre même amour à mon égard
pour vous unir personnellement et totalement
à la puissance de mon désir affamé et assoiffé
de vous posséder en personne
dans ce Sacrement d'amour.

1. L'Eucharistie, dont les « espèces ou apparences » révèlent et en même temps voilent, comme un « manteau », la présence réelle de l'Époux (cf. 25).

Il est consommé en vous-même et par vous-même
et il consomme d'amour vos épouses avec moi,
en vous et pour vous,
sans atteinte ni renoncement
à ma condition d'être créée.

J'ai faim, ô mon Amour ;
venez vite rassasier votre épouse
de ces jouissances dont vous êtes l'objet,
en cette communion qui est la nôtre,
rendue sans pareille
par la puissance de notre fougueuse et brûlante exaltation.

Alors, votre épouse sera en tout point
contente, satisfaite et pleinement rassasiée.

18

Appel à l'Époux pour qu'il entre totalement en son épouse.

Si vous ne vous hâtez de venir
et d'entrer vite en notre lit[1],
pour notre commun repos et notre commune jouissance,
je ne ferai que languir en mon impatience,
dans l'attente du moment si heureux et si fortuné
où vous voudrez et daignerez
amoureusement entrer en votre épouse,
pour la remplir en plénitude
d'exultation et de jubilation.

Alors, elle surabondera,
à partir de la très radieuse et éclatante plénitude de
[vous-même,
au plus intime et au plus profond d'elle-même,
des voluptueuses inondations
qui en viendront à déborder de toutes ses facultés,
de telle sorte que votre épouse navigue
en long et en large
sur la mer très spacieuse de votre divinité,
et que, là, l'Époux et l'épouse soient un,
et sans distinction ni différence,
si l'on peut dire ainsi.

1. Cf. 35.

19

L'Époux, présent à son épouse,
l'enrichit en outre de ses grâces divines.

Je n'entends pas, pour autant, ô mon Amour et ma Vie,
séparer ni distinguer, si peu que ce soit,
vos dons de vous-même[1],
    ce serait être sensuelle[2]
    et non divine, comme je le suis.

Car vous n'existez pas
sans tous vos dons.
Aussi, en vous possédant sans obstacle ni limite,
    déjà en permanence,
    comme je vous posséderai [plus tard], ô mon Époux,
je ne connaîtrai jamais l'indigence
ni la disette de vos dons,
puisque l'Époux n'est,
ni en lui ni en son épouse,
sans la totale plénitude de ses dons,
    en vue de l'embellir, la parer,
    et la parfaire souverainement jusqu'à son plus
                [haut point
        – conformément au dessein éternel
        de son éternelle prescience –,
    c'est-à-dire à la hauteur éminente de son suprême
                [degré.

1. J. de S.-S. utilise la distinction, que l'on trouve dans les Évangiles, entre la présence de Dieu en personne dans le fidèle (grâce dite « Increéée ») et les « dons » (grâces « créées » ou « transformantes ») qui surélèvent et adaptent à cette présence divine la nature et les facultés humaines du fidèle.

2. Pour l'épouse, ce serait se complaire en elle-même et en la perfection de sa vie sur le plan purement humain, oubliant que ses « dons » sont l'effet et le reflet de la Personne divine qui l'habite.

20

L'amour de l'Époux consume totalement ses épouses.

Mais, ô mon Amour,

de même que vous êtes *feu dévorant*[1]
pour dévorer vos épouses,
pour les engloutir totalement en vous,
et pour les plonger, perdre, et noyer dans un abîme,
de profondeur en profondeur et d'abîme en abîme,
en votre divinité humanisée,

de même elles aussi brûlent de vous en vous,
soit en leur amour à elles soit dans le vôtre
– ce qui est beaucoup dire.
Et là, à cet amour, elles sont totalement consumées
pour votre suprême bonheur en elles et en vous,
et pour le leur en vous.

Je vous ai toujours dit, ô mon Amour,
que je n'entendais point
me rabaisser beaucoup sur tout cela
ni m'élever de façon vulgaire.

Ce qui est indicible
et possédé de façon inexprimable
doit être vu et possédé
au sein de la jouissance réciproque
des deux amants-faits-un,
à la fois sans étonnement
et, au-delà, avec une très grande admiration,
comme je l'ai déjà dit.

1. Deut., IV, 24.

21

Consommer l'amour, c'est contempler l'Époux au plus intime de sa vie avec le Père et l'Esprit.

Mais dites-moi, mon Époux,
comment et en quoi avez-vous consommé votre amour
pour vous et pour moi ?
    Je vous en ai déjà parlé,
    mais commandez-moi de ne plus sortir dehors[1],
    puisqu'il me convient d'entrer
    au fin fond de vous-même.

La consommation de votre amour se réalise,

    d'une part, au prix du renoncement
    aux efforts vigoureux de mon amour,

    et, d'autre part, par la soumission
    à une mystérieuse force passive
    qui m'établit dans votre contemplation intuitive[2],
    simple et très une,
    qui a pour effet de me maintenir,
    dans le regard intuitif qui lui est propre,
    arrêtée de façon ferme et immuable
    au-dedans de vous-même.

1. « Sortir dehors » : l'épouse concentre son regard sur son Époux considéré en lui-même, dans sa vie divine et personnelle, sans se distraire sur ce qui serait « hors de lui », dans le domaine de la création (cf. 26 : l'épouse y distingue sa propre beauté intérieure et « extérieure »).

2. L'épouse note que pour arriver à la « contemplation intuitive » de son Époux, il lui faut dépasser les stades de la purification et de la progression volontaristes pour se soumettre dans une attitude entièrement passive à son regard et à son amour « actifs ».

C'est vous qui emportez ce regard
et le maintenez pour toujours fixé
sur l'Être qui subsiste, unique et simple,
    au plus profond de vous-même,
là où vous existez de par votre Principe éternel[1],
égal à vous-même,
et où vous prenez votre béatitude, de lui en lui.

Quant à moi et au reste de vos épouses,
nous sommes impétueusement tirées

au sein de l'Amour unique
qui procède de votre regard et amour mutuels,

au cœur de la puissance infinie
de votre fécondité sans limite,

dans l'existence même de l'Être unique[2]
par qui nous sommes créées :

    C'est ou bien à faire
pour être entièrement tirées,
    ou bien déjà pleinement fait,
comme c'est le cas pour quelques-unes de vos épouses.

1. Le Père.

2. Dans l'Être-Amour, qui est Dieu, tout est unique et commun aux trois Personnes de la Trinité : le regard (connaissance), l'amour, la puissance créatrice. La distinction des Personnes n'est fondée que sur leurs relations opposées (paternité, filiation, spiration).

22

L'amour se vérifie à ses effets : il embellit et transforme profondément.

C'est pourquoi, me voyant ainsi profondément plongée
par vous en vous,
pourquoi m'étonnerai-je si,
dans la douceur de votre amour ineffable,
vous me dites que je suis « *toute belle* »
et qu'*il n'y a en moi aucune tache*[1] ?

Je sais, en vérité, qu'il en sera ainsi
quand il m'arrivera d'être
autant transformée par vous en vous,
que vous le désirez[2].

Je ne veux point ici m'étendre sur les effets de ceci :
Là où est l'amour,
là sont infailliblement tous ses effets ;
et, s'il en manque un seul,
par là même, l'amour est imparfait ;
il l'est plus ou moins
ou il n'existe plus du tout.

Mais que semble-t-il que je veuille insinuer ici ?
Vous m'avez bien comprise
et mes soupirs simples et sans pareils,
les conversions[3] décisives et profondes de
[mon être,

1. Cant., IV, 7.
2. Cf. 36, note 3.
3. La transformation de l'épouse suppose des conversions successives. Le mot est à prendre dans son sens classique, tel qu'on le trouve dans

mes regards directs
qui volent avec légèreté et agilité jusqu'à vous,
tels des coups de foudre et des éclairs,
m'expriment assez !

l'Évangile. Il désigne les efforts répétés de purification qui permettent à l'épouse de rompre avec ses attaches trop humaines et d'éliminer tout ce qui n'est pas l'Époux.

23

La beauté de l'épouse reflète celle de l'Époux : elle proclame leur amour mutuel.

Ah, mon Amour et ma Vie,
qu'importe, en vérité, de me dire *belle*,
alors que, amoureuse de vous au point où je le suis,
qu'il s'agisse de l'amour ou d'un état supérieur à l'amour,
c'est que je suis au sein de l'amour même
[que vous avez] de vous-même !

Je dis que c'est « en vous-même »,
car vous enivrez tellement vos épouses
    de votre beauté
qu'elles sont et se trouvent totalement transformées
    en cette beauté,
par la puissance de l'amour noué en commun
qui les lie, les unit et les entrelace très étroitement
par le nœud et le lien de l'amour
le plus exclusif, le plus intime et le plus profond
qui se puisse jamais concevoir.

Supposé donc, ah, ma Vie et mon Amour,
que la science et l'intelligence
que nous avons en commun sur ce sujet
correspondent à la réalité,
alors vous avez pleinement raison
de me proclamer devant les anges et les hommes

– je dis mieux : devant les jeunes adolescents qui *courent en l'odeur de vos onguents*[1]

1. Cant., I, 3.

captivés par la force de votre ravissante beauté,
pour ne jamais vous perdre de vue,
ni d'affection attachante et savoureuse –,

vous avez pleinement raison, dis-je,
ô mon Amour et mon Époux,
de me proclamer haut et clair *toute belle*,
toute pure et toute sainte,
sans qu'aucune tache[1] soit en moi.

Si ce n'est pas toujours vrai en un sens,
ce l'est en un autre[2].
Il suffit que vous me compreniez sur ce sujet,
et que ce secret reste entre nous deux.

1. Cant., IV, 7.

2. L'épouse admet qu'elle a des imperfections, mais le fait qu'elle vit en son Époux, que sa beauté soit la sienne, efface ces limites personnelles.

24

L'amour appelle l'amour.
Il excite le désir d'une fusion plus totale.

Mais quoi, mon Amour et ma Vie,
je suis votre épouse d'amour et de sang[1]
et, réciproquement, vous êtes mon Époux d'amour
[et de sang.

Mais, ô mon Amour, il y a trop longtemps
que je soupire après vous
et après la possession de votre Majesté en personne.
Je soupire en vue du renouvellement sans délai,
désiré de nous deux d'un désir ardent et affamé,
pour faire à nouveau la célébration de nos noces
[divines[2].

Par la pratique et le vécu de nos noces,
il faut que nos amours, nos désirs et tous nos esprits
se renouvellent,
pour le soutien
– tout au moins je le pense –
de notre suprême et divine jouissance.

Vous me comprenez bien encore sur cela,
c'est un secret prodigieux.

1. Ex., IV, 25.

2. L'épouse aspire, non à une simple « répétition à l'identique », mais à une « nouveauté » dans le même amour, un renouvellement en profondeur, tel que pourra le réaliser la vision béatifique.

25

L'épouse est séduite moins par la toute-puissance de son Époux, que par son amour, en particulier dans l'Eucharistie.

Mais avant d'aller plus loin
en mes vifs et ardents soupirs après mon bien,
infiniment et de plus en plus désiré,
il faut que je vous dise une vérité :

je n'admire point
votre suprême puissance à faire toutes choses[1],
pas même celle par laquelle vous faites
cet admirable et auguste Sacrement[2]
qui ne vous sert, sous le couvert de ses « apparences »
– pour ainsi dire –,
qu'à me cacher et me voiler la gloire de votre Majesté.

Au contraire, j'ai une admiration infinie
pour l'amour qui vous consomme vous-même
– comme je l'ai dit –
dans la réalité du très saint, très vénérable et très auguste
[Sacrement
d'amour consommé et consommant[3]
qui vous contient vous-même,
vrai Dieu et vrai homme vivant,

1. La création.
2. L'Eucharistie (cf. 17).
3. « Sacrement d'amour consommé » : (passif) celui dans lequel l'Époux fait le don d'un amour poussé à l'extrême. Il ne peut donner plus (cf. J.13, 1, « Il les aima jusqu'au bout », J.19, 30, « Tout est consommé »).
« … d'amour consommant » : (actif) le même amour, consommé en l'Époux, agit de façon active sur l'épouse pour faire naître, nourrir et parachever sa propre réponse d'amour.

en vue d'exalter par vous et en vous-même
vos très chastes et divines épouses.

Et s'il se trouvait que l'une d'elles
demeure sans admiration ni ravissement devant ce Sacrement,
comme je m'y trouve
– je parle comme je le ressens –,
que voulez-vous que je dise de moindre, ô mon Amour !
La vérité est que cette épouse
ne vous est pas toute donnée, profonde, parfaite,
intime, familière ;
elle n'est pas une épouse toute divine.

Car il est impossible que l'amour ne fasse pas naître l'amour
là où il est.
Le sens commun l'affirme,
ainsi que la vérité bien connue et expérimentée :
Du fait de la puissance de son amour,
l'épouse est davantage en celui qu'elle aime,
c'est-à-dire en vous, ô mon Époux,
où elle est et habite,
elle y est infiniment mieux
que dans sa propre personne qu'elle anime et vivifie[1].

1. Dans l'Eucharistie, l'amour de l'Époux est « consommant », c'est-à-dire actif; celui de l'épouse est « consommé », c'est-à-dire passif. Contrairement à la manducation naturelle du pain, dans la communion eucharistique, c'est l'épouse qui est absorbée, assimilée et vivifiée par l'Époux.

26

Malgré ses imperfections, l'épouse est « belle ». Sa beauté rayonne dans son comportement pour réaliser l'éternel dessein de son Époux.

Et si d'aventure il arrive
que quelques-unes me jugent *brune et noire*[1],
il est vrai que je le suis.

Néanmoins, je suis *belle*,
au-dessus de toute beauté sensible ou intellectuelle.
Belle, dis-je, dans les bras de mon divin Époux,
et, d'autre part, en moi-même,
par l'effet de l'opération secrète et intime qui est sienne,
dans laquelle il me verse et prodigue abondamment
sa débordante beauté surnaturelle
qui me fait comporter, même à l'extérieur,
en charité bien ordonnée
avec bonne grâce, beau geste et belle conduite,
pour l'illumination du commun des hommes,
et la pratique parfaite de toutes les vertus,
en égalité avec ses autres épouses.

Et c'est là que la sagesse de l'Époux
se manifeste à l'infini
pour tout prévoir[2],
et tout pénétrer[3],
d'un bout à l'autre[4],
vivement, puissamment et simplement.

1. Cant., I, 4-5.

2. Il s'agit de la pensée éternelle de Dieu, de son projet antérieur à l'acte créateur. Prédestination.

3. Il s'agit de la Providence par laquelle Dieu est présent au monde, dans le temps, pour réaliser son dessein éternel.

4. Sag., VIII, 1.

27

Brûlant et impatient désir de l'union définitive.

Maintenant, il faut que je cesse toutes ces considérations
sur mes transports amoureux,
qui expriment non pas votre amour envers moi, votre épouse,
car c'est impossible,
mais le mien envers vous,
qui êtes mon Époux et mon Tout.
Il faut donc en venir à l'objet de mon désir.

Hélas, hélas ! Comment tardez-vous si longtemps
à venir prendre possession de moi,
en vue de notre contentement et satisfaction
réciproques et mutuels ?

Hélas, hélas ! centre de mon cœur et soutien de ma vie,
comme il y a longtemps que je vous attends,
dans mon impatience
et mon amour brûlant
qui me dévore et me consume tout entière
dans le feu de son ardeur !

Que c'est long par rapport
au désir débordant et affamé
que j'ai de notre conjonction mutuelle et personnelle,
sans milieu ni entre-deux[1] !
Puisque vous me voyez à bout de patience,
entrez en possession de votre épouse,
dès maintenant et sans plus de délai.

1. Cette « conjonction mutuelle et personnelle » se réalise dans la vision « intuitive » où rien ne s'interpose entre les deux conjoints : ni espace matériel, ni idée représentative.

28

Comme fleurs en jardin, l'amour s'est épanoui. Dans la chambre nuptiale, entrons cueillir ses fruits.

Le vent du midi a soufflé en notre jardin ses odeurs
[*aromatiques*[1].
Elles s'exhalent suavement
et ravissent d'admiration
ceux qui en sont divinement touchés.

Nous nous en délecterons à plaisir,
ô mon Époux et ma Vie,
quand vous y serez entré.
Et je suis assurée que le plaisir
et la satisfaction que nous y aurons
seront si grands
qu'à peine vous voudrez en bouger,
y réalisant tous les deux nos mutuelles jouissances.

Viens, ô mon Époux et ma Vie,
notre jardin est très bien clos et fermé[2]
et il n'y aura personne qui puisse découvrir
nos ébats amoureux,
nourris à plein de tout ce qui rend ce lieu
souverainement achevé en perfection.

Et puis, après tout cela,
nous prendrons nos ébats
réciproquement l'un en l'autre et l'un de l'autre
dans les caresses mutuelles,

1. Cant., IV, 16.
2. Cant., IV, 12.

les accolades divines
et les mutuelles embrassades
aux délices également partagées, mutuelles
[et infinies,
de nous deux.

Et puis après, nous nous en irons,
ou, pour mieux dire, nous nous retirerons
dans notre chambre, suprêmement ornée et décorée
pour être notre commune demeure,
où vous aurez un plaisir sans pareil à habiter
pour y *reposer au midi*[1].

Tout est préparé depuis longtemps et vous
[y attend.
Ne renoncez pas plus longtemps
à donner satisfaction en cela à votre épouse.

1. Cant., I, 6.

29

L'Époux comble son épouse
à la mesure de son désir grandissant.

O mon Amour et ma Vie,
vous êtes entré en moi, au moment même où j'en parle,
pour assouvir totalement mon désir
et la faim que j'éprouve d'être comblée
des délices de votre être,
en réalisant la très étroite union
de nous deux.

Vous requérez de moi
que je fasse grandir mon désir
et vous vous engagez à le remplir.
Je l'ai dilaté à l'infini,
et, de votre coté,
vous vous êtes toujours délecté à le remplir ;
par l'union personnelle et réciproque de nous deux,
vous faites couler en moi
l'abondance du torrent impétueux
de vos divines et pleines réjouissances.

Possédons-nous donc tous les deux,
sans obstacle ni limite,
ô mon Amour et ma Vie,
dans la force de nos embrassements réciproques ;
et que jamais,
en cela ni pour cela,
les créatures, avec tous leurs pièges,
ne puissent jamais, au grand jamais,
troubler notre commun repos.

30

L'épouse craint la sécheresse spirituelle. Cette épreuve la rendrait jalouse des faveurs accordées à d'autres épouses par son Époux.

Mais je veux que vous sachiez, ô mon Époux,
que la vie et la respiration
ne me sont douces et agréables qu'en vous,
aussi suis-je profondément jalouse de vous.

Ce qui fait que votre éloignement
et votre absence par rapport à moi,
voire pour aboutir à un esseulement[1],
je les crains plus que je ne puis vous l'exprimer.

Je veux bien, ô mon Amour,
que vous visitiez et réjouissiez
de votre présence divine et délicieuse, mes compagnes.
Mais, puisque vous vous plaisez souverainement [partout,
et que vous pouvez tout,
ne prenez pas tout votre contentement et vos ébats
avec elles et en elles,
sans moi et à mon préjudice.

Cela relève du bon plaisir
et du pouvoir de votre amour.

1. C'est la doctrine classique des auteurs mystiques : l'intimité la plus profonde avec Dieu peut connaître cette épreuve que S. Jean de la Croix appelait la « nuit obscure ». Tauler, dont Jean de Saint Samson connaissait les œuvres, l'appelait « l'hiver ». Dans sa lettre 60, il écrit : « Le Christ n'avait point de soutien, mais uniquement un détachement et un délaissement de Dieu et des créatures, rien que cet esseulement qu'il exprime par les paroles : "Mon Dieu, mon Dieu, comme tu m'as abandonné !". » Cf. aussi lettre 13.

31

La séparation n'est pas à craindre car les époux ne font plus qu'un : union indescriptible, où tout est mis en commun.

Mais quoi, ne vous semble-t-il pas, ô mon Amour,
que je craigne, en mon abondance,
d'être frustrée de votre jouissance,
comme je l'ai été dans le passé ?

Non, quoi que je dise, je ne le crains pas,
car vous êtes mien
et je suis vôtre.
Vous me possédez et je vous possède tout à tout,
tout entier et totalement.

Et nous ne sommes qu'un,
en l'un et unique de nous deux,
également ravis
de l'amour et de la beauté
de l'un et de l'autre,
l'un en l'autre,
et par les mutuels et ineffables embrassements
l'un de l'autre,
l'un en l'autre.

Dans cet état, nous nous possédons
à égalité de jouissance,
à égalité de simplicité,
dans un amour simple,
en cet être que nous formons
simple et simplement unique,

au-delà de l'action,
au-delà de la passion,
au-delà de l'inondation,
au-delà de l'amour même,
dans l'amour-donné au même amour-reçu[1].

Tout ceci se réalise en la très simple, très unique
et très attentive
vision réciproque et mutuelle de nous deux,
dans l'unique indivision de nous deux.

C'est au-delà de la compréhension
au-delà de l'étonnement, sans étonnement,
tout à fait indescriptible.

J'y suis totalement submergée,
perdue d'amour et de joie,
au-delà de l'amour et au-delà de la joie,
dans l'unique Objet
qui me tient dans un état immuable,
à la fois prise de force et consentante,
en une perpétuelle attention sans tension,
en vous et à vous,
mon unique Objet et mon Époux.

Qu'est-ce que tout cela ?
Le conçoive qui pourra ;

1. L'auteur utilise les catégories philosophiques de l'« action » et de la « passion », en même temps que la théologie de la grâce : l'amour de l'épouse n'est pas produit par elle, il est passif, « reçu ». De ce point de vue, l'auteur peut l'appeler un « amour sans amour ».

Il est « le même amour » que celui de l'Époux, car il est produit par lui de façon « active » et « donné » à son épouse qui le reçoit comme un effet de la grâce. Saint Paul dit la même chose de façon plus simple : « L'amour de Dieu a été diffusé dans nos cœurs par l'Esprit-Saint qui nous fut donné », Rom., V, 5.

l'exprime, s'il le veut, qui le connaîtra ;
s'il le peut, cela lui est permis.
Mais, surtout, qu'il le taise s'il le doit.

Car c'est le domaine où notre jouissance intuitive
parle en nous deux
de façon respective et mutuelle,
        non pas de cette réalité [qui a été décrite plus haut]
        ni de rien qui s'y rapporte,
        mais d'infiniment autre chose,
        qui est hors de ceci
par son profond, perpétuel et ineffable silence.

32

Cette union est un engloutissement dans un « unique »
qui résorbe la différence et la distinction entre les époux.

Cependant, malgré cette considération,
je me permettrai, sans abuser néanmoins,
de surajouter des paroles, pour vous dire
    que dans la situation amoureuse
    où nous sommes parvenus ensemble,
    tant et tant de fois, je vous ai englouti en personne
                                        [dans le passé],
        comme je vous tiens et vous possède [à présent]
        par ce même engloutissement
        que j'ai fait de vous en moi.

De votre coté, vous vous êtes servi
de mon action intense
et toujours aussi intense,
en vertu de la puissance de notre amour commun,
    pour m'engloutir en personne et totalement en vous,
    où j'ai toujours été ce que je suis à présent,
    vous-même en vous-même,
    sans différence ni distinction d'avec vous-même.

Ce qui m'a autrefois étonnée sur ce point,
    lorsque j'étais pour vous
    une nouvelle amoureuse et une nouvelle épouse,
c'est que vous vous soyez servi,
pour la consommation effective de votre amour
réalisé en vous et en moi,
du moyen déterminant de ma répudiation d'auprès de vous[1].

1. Le péché originel nous a valu l'Incarnation rédemptrice ; *O felix culpa* (Heureuse faute – S. Augustin).

Vous vous en êtes servi pour nous conjoindre
par mariage solennel en qualité d'Époux et d'épouse,
pour la consommation totale de nos amours réciproques
en l'unique de nous deux ;
    non pas dans l'union de personne à personne
    et telle quelle de nous deux,
mais en l'unique unité de nous deux,
au-dessus de l'union et de l'unité profonde et simple
de personne à personne de nous deux[1].

Dans cette union, nous sommes uniques en unité simple,
nous y jouissons de notre bien commun
et de notre repos qui se réalise
dans l'accord mutuel et simple,
la simple, ineffable et unique complaisance
l'un de l'autre, l'un en l'autre,
    et là-dessus il faut,
    par honneur et révérence,
    que toute créature se taise.

1. Cf. 14 et 40.

33

L'épouse a souffert des absences apparentes de son Époux et de l'incompréhension cruelle de ses compagnes.

Mais, mon Amour et ma Vie,
dans le passé, vos épouses, mes compagnes, ont ajouté
à mes langueurs causées par votre absence,
sujets infinis d'inconcevables douleurs :

Me voyant dans cette situation,
j'allais pleurer mon infortune auprès d'elles,
passant et repassant auprès d'elles,
comme errante et vagabonde,
plus morte que vive
sous le poids de ma douleur.

Alors, qu'elles aient pensé ou non à leurs paroles,
elles me disaient :
« *O la plus belle d'entre les femmes,*
où est allé votre Époux[1] ?
Est-il possible que vous soyez si infortunée
que vous l'ayez perdu à votre insu,
et qu'il se soit enfui loin de vous
comme par hasard ? »

Non, mon Amour,
je crois qu'elles ne pensaient pas à ce qu'elles disaient :
si, en effet, elles avaient été profondément attentives,
elles ne m'auraient pas ainsi accablée de douleur.

1. Cant., V, 17.

Car ma douleur était, à ce moment,
à tel point cuisante et intolérable,
du fait que j'avais la connaissance
de vous en ce que vous êtes en vous-même,
grâce à cette douleur elle-même,
que, si vous ne m'aviez secrètement soutenue,
elles m'auraient vue défaillir
et tomber raide morte à leurs pieds.

34

Le cheminement de l'épouse s'éclaire par son terme : l'amour de son Époux la rend « divine-humaine ».

Mon Amour et ma Vie, c'est ainsi…
c'est ainsi que notre repos et notre jouissance commune
se nourrissent l'un de l'autre et l'un en l'autre,
pour nous faire revivre le passé

à la lumière de notre présente jouissance,
débordante par-dessus les limites
de la compréhension et de l'expression,
comme il est clair
(le passé étant éclairé par le présent)
que c'est bien ce qui se réalise
mutuellement pour nous deux ;

à la lumière de la force très pure
de l'amour présent qui nous émeut ;

à la lumière de la force conjointe de nos embrassements
exclusifs et très étroits,
dont la force, à elle seule, fait que je suis
toute fondue et gisante immobile
en votre Être ineffable,
à la fois dans la réalité vécue
des excès dont j'ai parlé ci-dessus
et aussi dans ce qui est infiniment au-delà
de ces mêmes excès.

Je suis alors au sein du Tout
de votre divinité et humanité.
Là, je suis divine-humaine et humaine-divine,

dans la plénitude d'un Tout
qui comprend tout[1]
mais qui est incompréhensible[2]
et qui, de fait, n'est pas compris[3]
par votre épouse qualifiée comme telle.
C'est en cela, ô mon Amour,
que consiste toute ma joie
et mon bonheur présent.

1. Au sens actif : par lui-même.
2. Au sens passif, parfait absolu : par d'autres.
3. Au sens passif, présent relatif : par l'épouse.

35

Les ébats amoureux
sur le lit de l'Époux et de l'épouse…

Mais, mon Amour et mon Époux,
vous rendez-vous compte de ceci :

pendant que nous jouissons de nos mutuelles amours,
sur le lit[1] préparé pour cela par nous deux,
en vue de nous ébattre divinement
dans la douce suavité de nos embrassements
purs, privilégiés et ineffables…

sur le lit, dis-je, de l'Époux et de l'épouse,
où, vous et moi, nous nous délectons l'un de l'autre
au-dessus de la connaissance par les sens
et de la compréhension par l'intelligence,
en plein midi[2]…
ne voyez-vous pas, dis-je, ô mon Époux,
combien, pendant nos ébats amoureux
pris réciproquement l'un de l'autre et l'un en l'autre,
mon nard épand son odeur[3] ?
C'est assez !
nous nous comprenons l'un l'autre sur cela.

1. Cf. 18.
2. Cant., I, 7.
3. Cant., I, 12.

36

Fondue en son Époux, l'épouse se sent proche de mourir.

Mais, pendant que je cherche à mettre en lumière
nos excès réciproques,
dans l'état où je suis du dépassement infini de moi-même,
  à un point où je surpasse
  non pas simplement moi-même,
  mais tout le créé et tout ce qui peut l'être [1],
je me sens infiniment plus forte
et plus étroitement étreinte par vous,
avec l'énergie tout à fait extraordinaire
de vos embrassements amoureux.

Sous l'effet de l'ineffable douceur et de la suavité divine,
je me sens tellement transportée [2],
  à un point extraordinaire de bonheur et d'amour,
  dans la totale plénitude et grandeur de vous-même
    en qui je suis toute fondue et transfuse
    pour n'être plus jamais, au grand jamais,
    que vous-même…
[je me sens tellement transportée]
que je me vois et me sens proche de mourir
et de rendre l'esprit définitivement.

La cause en est ce que vous êtes
et que je suis en vous-même,
en vous que j'embrasse et que je possède,
dans notre très pur et très complet repos,
au milieu de notre flot très pur de divines délices.

1. Description de l'extase provoquée de l'amour.
2. C'est l'effet de la grâce. Cf. 38, « L'amour transformant ».

[Ce flot de joies divine] constitue
en l'unique de nous deux,
pour nous deux,
notre même repos
sans distinction ni différence
qui proviendraient de ce que nous sommes,
de ce que nous voyons et possédons
l'un de l'autre et l'un en l'autre[1].

Ah ! mon Amour et mon Époux,
si vous m'étreignez et me serrez plus fort,
vous me ferez sans doute mourir de bonheur et d'amour.
Il est vrai qu'une telle mort
est à ce point désirée de ma part
parce qu'elle est déjà ressentie par moi
comme infiniment douce et délectable.

Mais, ô mon Amour et mon Époux,
si je meurs ainsi,
que diront de vous les anges ?
Ne vous jugeront-ils pas, à bon droit,
passionné avec excès de l'amour
de votre épouse, que je suis,
voire plus que vous ne l'êtes d'eux.
Vous ne les pressez pas avec tant de douceur
[et d'amour
entre vos bras divins,
au point qu'ils en viennent à mourir.

1. Le « repos » pour chacun des deux époux est le « même », c'est-à-dire aussi « pur et complet » pour l'un que pour l'autre, sans que joue la différence fondamentale de ce qu'ils sont individuellement. Il est le « même repos » au point d'être commun aux deux époux dans un flot unique de bonheur qui tend, sinon à leur identification, du moins à la disparition de la perception de leurs différences. Du coté de l'épouse cela correspond à une certaine mort, en tant qu'elle est autre que son Époux. L'expérience d'une telle extase constitue sans doute le plus haut sommet de la vie mystique. Cf. 40.

37

Sous l'étreinte de son Époux, l'épouse connaît l'extase.
Elle ne vit plus qu'en lui.

Mais, ô mon Amour, ô mon Époux,
ô le Centre de mon cœur,
ô le Comble de mes délices !
Ah ! ma Vie et mon Tout,
vous m'étreignez trop étroitement,
vous m'embrassez trop doucement,
vous me surcomblez trop suavement,
vous me ravissez trop heureusement
et même vous me portez au comble
de ma totale félicité qui est vous-même,
et en la jouissance de qui je suis éternelle,
sans temps ni éternité,
ni même sans court instant.

Ah, je défaille totalement !
Ah, je n'en puis plus, je meurs et expire
d'amour et de bonheur
à l'intérieur de votre sein
au plus profond de votre Être
dont la beauté exquise et délicieuse
exalte avec puissance ma vie
de bonheur et d'amour,
en amour et super-amour,
en repos et délectation,
au-dessus du repos et de la délectation,
en simplicité,
au-dessus de la simplicité absolument
[indescriptible,
en ce qui ne peut se dire,
au-dessus de l'indicible.

L'Époux

38

L'Époux est arrivé à son but : il a fait cheminer son épouse jusqu'à la rencontre de son Créateur. Dès l'origine, il l'a destinée à trouver en lui « son repos et sa totale félicité ».

Je suis arrivé en toi jusqu'à ce terme,
ma fille et mon épouse,
au dernier point où se réalise en toi
ma suprême satisfaction,
avidement désireux que j'étais
de te consommer en moi et de moi,
jusqu'à te faire mourir ainsi
doucement entre mes bras,
    en la douce force et violence amoureuse
    des embrassements très forts et très étroits
    dont je te tiens embrassée.

Cela se passe dans les dimensions infinies
de mon Être et de mon amour,
entre mes bras divins,
pour que,

    par l'effet de cette action, à part égale,
    du jeu divin joué de façon aussi active
    par chacun de nous deux,

tu sois rendue remplie et jouissante
de moi, en moi,
et de tout ce que je suis,
moi, en qui tu es totalement transformée,
au-delà de tout degré d'amour transformant[1] :

ainsi, tu as atteint ton Être d'origine que je suis[2].
En lui tu vivras et résideras
comme moi-même,
sans distinction ni différence de moi-même,
qui suis ton repos[3],
ta totale félicité
et ton total paradis.

1. Cf. 36. Cette « transformation » se réalise dès ici-bas : la grâce et la gloire sont du même ordre et dans la même continuité du temps à l'éternité, bien que leurs effets soient différents. Cf. 44.

2. Ton Créateur.

3. Ce passage semble inspiré par le texte de saint Augustin : « Tu nous as faits pour toi, Seigneur, et notre cœur est sans repos tant qu'il ne repose pas en Toi ». (Conf. L.1, c.1)

39

L'amour de l'Époux n'anéantit pas
la personnalité de son épouse.

Mais voyez, ô filles de Jérusalem,
je vous conjure, par moi-même,
de ne jamais réveiller mon épouse bien-aimée
avant qu'elle-même le veuille, de son plein gré[1].
Mais toi, ma fille, mon épouse,
je te tiens embrassée comme tu me tiens embrassé.

Le même amour
qui me force avec douceur à te serrer étroitement
et à ne faire qu'un avec moi et en moi,

le même amour, dis je,
te contraint intensément
par sa douce force impulsive
à me serrer étroitement contre toi.

Alors, par cela même,
prise dans la force délicieuse
de notre amour mutuel et complémentaire,
jouissant,
au-delà de l'amour de l'un l'autre,
de nous deux, en nous deux,
tu demeures adhérente à moi, définitivement,
sans perte ni privation de ta nature d'être créée,
devenue semblable à moi,
me possédant moi-même, en moi-même,
et tout ce que je suis.

1. Cant., II, 7.

Tu demeures ainsi, à la fois
par l'action amoureuse de nous deux
et par la passion et surpassion amoureuse
de nous deux,
en nous deux.

40

Ce que l'épouse n'avait pas, l'Époux le lui apporte,
et elle s'est surpassée en s'écoulant en lui.

Car ce que tu n'as pas,
que tu n'es pas
et ce que tu ne dois pas être par nature,
        à savoir moi-même, en moi-même et de moi-même,
tu l'es et le possèdes
par l'effet de l'amour actif de nous deux[1].

Ainsi tu es toute moi-même, en moi-même,
        dans notre amour réciproque et mutuel,
        reçu et reçu sans la moindre résistance,
        de chacun de nous deux.

Finalement, après t'être surpassée toi-même,
par la suppression de ta recherche active et affamée[2],
tu t'es écoulée hors de toi, en moi,
dans l'éternelle richesse et jouissance
de ton Époux, que je suis,
        pour mon bonheur infini et le tien.

1. Pas de confusion : l'épouse ne devient pas Dieu ; il n'y a pas unité au niveau de l'être, mais union au niveau de l'agir interactif de l'amour (cf. 9 et 39). Il n'en reste pas moins que, par cette interaction, l'épouse entre en communion avec l'Être et la Personne de son Époux qui est son principe. Il n'y a pas là de contradiction ; c'est ce que précise l'auteur en fin de paragraphe (cf. 43).

2. Au degré supérieur de la vie mystique, l'âme n'est plus centrée sur les efforts de purification et de recherche active de Dieu. Elle se laisse saisir par les prévenances divines.

Étant donné la grande et parfaite ressemblance
que tu as avec ma nature divine,
ce bonheur donne l'impression de ne pas prendre sa source
à partir de deux sujets, pour s'écouler en deux sujets,
par rebondissement aller et retour.

[Il donne cette impression]
à cause de l'union parfaite de nous deux,
d'être à être, et de personne à personne,
réalisant un « unique »[1],
    au-delà de l'union personnelle et conjugale
    de nous deux,
dans l'unité même de la très sainte
et très simple fécondité intense de notre amour…

… / …

1. « Unique » est ici un substantif : ce n'est pas un « être unique » (ce qui a été rejeté ci-dessus), mais une « union » d'un type tout spécial et supérieur qui ressemble, par la perfection de l'acte d'amour mutuel, à la perfection de l'« être un ». Cette union de l'Époux et de l'épouse est une participation à l'unité de l'Être divin, qui est « un » en trois Personnes (cf. 14 et 32).

41

Le bonheur de l'épouse est un rejaillissement sur elle
de la béatitude infinie de son Époux.

Voilà, ma fille, mon épouse,
ce que je suis et ce que nous sommes,
relativement à ce que je suis en moi et en toi,

en mon humanité et ma divinité,
qui existent comme sujet de façon égale
l'une de l'autre, en l'autre et pour l'autre[1],

et en ton humanité divine[2],
qui existe comme sujet
grâce à moi, en moi et pour moi.

Dans cette situation,
ce tout-qui-ne-fait-qu'un
tient et possède sans obstacle et à plein

pour moi, de façon toujours égale,
toute béatitude due à ma nature divine,

pour toi, rebondit de ma béatitude,
par rejaillissement amoureux et actif,
et en retour de mon amour débordant sans limite
vers toi, avec toi et en toi,
avec abondance et excès,

1. Doctrine du concile de Chalcédoine : les deux natures subsistent dans une seule Personne, celle du Verbe. L'humanité « assumée » par la divinité, subsiste par elle ; et elle est « pour » elle comme un instrument au service de la mission divine.

2. L'humanité de l'épouse, créée par son Époux, est qualifiée de « divine » par participation.

[rebondit pour toi] le flot sans obstacle de
[ma béatitude,
à la proportion et à la capacité de ce que tu es,
de ce que tu as
et de ce que tu possèdes
et qui est à moi et en moi,
pour ta pleine et entière satiété.

Voilà pour le présent,
jusqu'à ce que venant et *montant du Liban*[1],
vers moi et en moi qui suis ton Époux,
de simple amour en simple repos,
tu sois couronnée de l'abondance
de mon flux bienheureux
qui remplit de ma gloire
et de ma lumière intérieure et extérieure
toutes puissances créées.

1. Cant., IV, 8.

42

Dans l'au-delà, tu jouiras de moi sans obstacle ni limite,
à la mesure du désir de mon amour éternel.

Alors tu jouiras en gloire de moi
sans obstacle ni limite,
dans la consommation parfaite de mon amour
et de ma jouissance en toi.

Alors tu seras bienheureuse de moi et en moi,
du fait et par ce fait que je suis
en plénitude de jouissance
en moi-même et pour moi-même.

Et si, dans le passé, encore présent,
tu as été si heureuse à cause de moi et en moi,
d'avoir si souvent mangé,
dans la force de notre amour commun,
ton rayon avec ton miel[1],
– tu me comprends bien –,

tu me possèdes ici,
en cet état présent, sans temps ni éternité,
dans le plein et entier rassasiement et la béatitude
qui sont miens.

Dans cette béatitude et par elle,
je te transformerai en moi,

1. Cant., V, 1. Allusion probable à l'Eucharistie (cf. 17 et 25) mais sans exclure un sens plus large. Comme le « rayon » porte le « miel » : il s'agit de la personne du Christ avec tous les dons de sa grâce. En Lui, l'épouse a trouvé, jusqu'à présent, sa nourriture et sa joïe.

en plénitude de gloire et d'amour séraphique,
à proportion du désir de mon amour éternel
débordant à ton égard.

Alors, et à cause de mon amour,
tu seras moi-même en moi-même,
dans une ressemblance avec moi-même
parachevée en toi
à un degré supérieur à ma ressemblance [par ta création].

43

L'épouse participera à la gloire de son Époux,
gloire infinie de sa divinité, mais aussi de son humanité
puisqu'il n'est qu'une seule personne.

Cela suppose, en la rendant assez visible,
ma gloire consommée en toi
et la tienne [consommée] en la mienne et de la mienne.
Ainsi, notre amour, qui atteint notre être,
prolongera en toi la gloire de mon être,
à la mesure et en proportion de qui tu es,
dans l'intimité de moi-même, ton Époux,
qui consomme et comble tout surabondamment,
toi, d'une part,
et toutes mes épouses, d'autre part.

Ainsi, vous serez rendues divines
par l'action de ma divinité parachevante
et totalement parachevée en toi et en elles,
grâce à l'élévation au degré surexcellent et suréminent
de ton état et du leur.

État fini, dans l'infini de moi-et-de-toi[1],
sans perte ni dommage pour moi,
en tant que je suis hors de toi et de moi,
mais en moi-même[2],

1. « État fini » : c'est, par nature, l'état de l'épouse qui, même dans la jouissance de la vision béatifique, demeure une créature.

« … dans l'infini de moi-et-de-toi » : cependant le couple Époux-épouse, considéré dans son état d'union, est « infini », du fait de l'infinité divine de l'Époux, à laquelle celui-ci fait participer son épouse, tout en respectant sa nature.

2. L'union béatifique de l'épouse, qui reste finie dans son ordre de créature, ne diminue en rien l'infinité divine de son Époux en lui-même. Bien

qui béatifie tout avec une infinie diversité,
dans la permanence et l'immuabilité de moi-même
et de ce que je suis,
de mon bonheur et de ma gloire infiniment infinie
pleinement suffisante pour la béatitude suprême
d'une nature telle que la mienne.

Car j'habite et je possède
pour moi-même, de moi-même et en moi-même,
la lumière et le bonheur qui sont dus,
en convenance de tout point,
à ce que je suis.
Or je suis totalement digne de moi-même,
de la possession entière de moi-même
et de mon entière et parfaite béatitude.

Cette béatitude, elle se possède et je la possède
en l'être humain de l'être divin que je suis[1].
Cet être est en dehors et au-dessus
de l'être-homme et de l'être-ange,
êtres qui ne sont pas, à la fois, divins et humains,
[tandis que moi] je suis une seule et unique personne
de nous deux, en nous deux[2].

---

que cette union soit disparate, elle n'est pas « préjudiciable » à la gloire divine. L'union d'un tel Époux à une épousée tirée de rien n'est pas une « mésalliance ». Dieu ne s'abaisse pas en élevant la créature jusqu'à lui.

1. Cf. 41, note 11.
2. Par ses deux natures, l'Époux est à la fois Dieu et homme.

44

Dans l'union de l'au-delà, l'épouse sera toute transformée en son Époux et elle en jouira de façon bien supérieure à son expérience ici-bas.

La vision et la connaissance par expérience
que tu as déjà
et que tu auras très parfaitement de cela[1]
dans l'état où tu subsisteras de façon immuable en [moi-même,
alors que je jouirai de ce que je suis et de ce que [je possède
et que toi aussi tu jouiras
de ce que tu es, et de ce que tu as,
de ce que tu possèdes et posséderas
sans imperfection ni limite,

[cette vision] te comblera, au-delà de toutes tes possibilités,
de mon bonheur, de ma béatitude et de ma divinité
au cœur de ton être propre
qui sera tout transformé
en l'être supérieur et suréminent que je suis,
qui attire tout, comble tout et noie tout
dans la ressemblance de moi-même
de façon supérieure à ma ressemblance [par la création].

Ainsi, vois-tu, ma fille,
comment et en quoi la jouissance que tu auras de moi en moi
et la jouissance réciproque que j'aurai de toi en toi
seront différentes et éloignées par un état
d'excellence très parfaite et de hauteur supérieure,

1. « Cela » : l'amour divin transformant en gloire.

de ce que nous avons et que nous possédons
l'un de l'autre et l'un en l'autre
en cette vie présente
et en cet état mortel qui est le tien.

45

L'épouse, déjà unie à son Époux dans la foi,
est invitée par lui à être couronnée dans la gloire.

C'est pourquoi, ma fille et mon épouse,
je t'invite et te convoque,
dans l'ardeur très simple et très divine
de nos embrassements
très intérieurs, très suaves, très profonds
et de nature absolument supérieure à tout,
tout à fait sans réserve et sans pareils,
à venir à moi du Liban[1]
afin d'être couronnée[2]
de moi en moi,
de l'amour et de la gloire de moi-même,
pour subsister de moi en moi-même,
pour me posséder à l'infini,
moi et ma gloire.

Tu me posséderas à proportion de l'intensité et de l'état
de ton amour d'une qualité supérieure et surnaturelle,
par lequel, et à la mesure de sa force,
nous nous tenons,
à plein voile [de la foi][3]
et rassasiés à plein,
également embrassés l'un l'autre.

Par la force très haute déployée dans cet amour,
nous nous embrasserons d'une tout autre manière,

1. Cant., IV, 8.
2. Sir., XXXII, 2.
3. La grandeur de la gloire dans la vision de l'au-delà sera en proportion de la grandeur de l'amour vécu dans la foi d'ici-bas.

et avec une ardeur plus vive que jamais,
au-dessus de la pleine et entière consommation
de toi en moi et par moi,
    dans la plénitude de notre plaisir
    infiniment désiré,
    totalement possédé
    et pleinement consommé
        d'une façon égale, mutuelle et réciproque,
        et dans la plénitude de notre rassasiement à tous [les deux
        de façon absolument totale
        et absolument plénière.

46

La vision face à face de l'Époux et de sa gloire établira l'épouse dans une intimité personnelle, secrète et unique.

Et, sans sortir de ma divinité,
tu prendras de la distance[1],
je dis par rapport à « ma » divinité,
ou, pour mieux dire, à « notre » divinité,

pour me voir et me contempler
moi-même en moi-même,
à la mesure et selon les possibilités
de ton existence surélevée
en ce qu'elle est par elle-même
possédée par toi et en toi[2],
pour me voir dans l'amour
et la gloire consommée de moi-même,

1. *Sortir sans sortir.* Par un jeu subtil comparé à des mouvements d'entrée et de sortie, Jean de Saint-Samson distingue les deux sources du bonheur de l'épouse dans la gloire :

– d'une part, elle pourra cesser de se concentrer sur la divinité de son Époux pour fixer son attention sur son humanité, ce qui est une façon de « sortir », de se distancer, mais en réalité, « sans sortir », car cette humanité, tout en étant distincte de la divinité, est inséparable de la Personne divine qui l'assume ;

– d'autre part (cf. 47), dans un mouvement inverse, l'épouse pourra partir de la contemplation de l'humanité de son Époux pour « rentrer dans sa divinité », car l'humanité assumée conduit, par un chemin inéluctable, à la Personne divine qui l'a assumée.

Ainsi, que ce soit par une voie ou par une autre, l'épouse ne pourra, en fait, « jamais sortir » de son Époux, ni être « sans lui et sans sa gloire » (47).

2. La connaissance par l'union intime des deux sujets et leur vision mutuelle intuitive n'empêchera pas l'épouse d'avoir en même temps la connaissance objective de son Époux par l'usage de ses facultés naturelles mais surélevées. L'auteur ajoute que c'est par cette connaissance objective que se réalisera l'unité des époux et leur communion intime.

car c'est d'elle, en elle et par elle,
que tu seras unie d'une unité très parfaite
à ton suprême Centre.

Là, tu posséderas en moi,
au cœur de la plénitude même de mon bonheur,
tant celui qui concerne mon être intime
que celui qui s'ajoute de l'extérieur [1],
la plénitude même de ton propre bonheur
parfaitement achevé,
pour ton être intime et ce qui s'y ajoute,
dans ma propre béatitude et dans la tienne.

Tu m'as bien compris
sur tout ceci :
Tous ces secrets de nous deux
appartiennent seulement à toi et à moi.
Ils sont les plus profonds, les plus amoureux, les plus cachés,
ainsi que les plus intimes excès de nos amours réciproques ;
mais, de façon très marquée, ils sont miens ;
ils sont les fruits de mon amour
pour toi et en toi.

C'est là que nous nous posséderons
– comme je t'ai toujours dit –
l'un l'autre et l'un en l'autre,
en notre amour égal et réciproque,
en notre égale béatitude,
égale, dis-je, comme tu le sais et le comprends bien.

1. Le bonheur que Dieu éprouve du fait de la création et de toutes ses œuvres « ad extra ».

47

En accédant à la pleine possession de l'humanité de son Époux, l'épouse recevra la participation définitive à sa divinité.

Et puis, je te le dis,
à partir de mon humanité,
possédée par toi d'une façon très suave
et en suprême plénitude[1],
    tu rentreras en notre divinité,
    pour me posséder, toi et moi,
    avec une ardeur très profonde et très simple,
    un amour très simple ;

[pour posséder] aussi participation
de la très simple et profonde gloire,
coulant sans arrêt
et suffisamment, en plénitude proportionnée[2]
de moi en toi et pour toi.

        Ainsi, où que tu ailles et que tu sortes,
        tu ne seras jamais sans moi ni ma gloire.
        Et, tout en prenant ta distance,
        sans sortir de moi,
        tu rentreras en moi
        dans la jouissance même de moi-même
        et de ma gloire,
            d'où tu ne seras jamais sortie.

1. « En suprême plénitude » car, sur le plan de l'humanité, il y a égalité de nature entre l'Époux et l'épouse.

2. « En plénitude proportionnée », sous-entendu « à ta condition de créature ». Il s'agit donc d'une plénitude relative et limitée, car sur le plan de la divinité de son Époux, la nature de son épouse, bien que surélevée, reste créée, inégale et inadéquate à son infinité.

48

L'Époux a été séduit par la tendresse et la docilité de son épouse.
Il lui promet infiniment plus que ce qu'il a déjà donné.

En outre, sans m'arrêter à cette vérité, ma fille,
je veux te faire comprendre le plaisir extrême
que j'ai pris à la vue de tes profonds transports
et à ta façon de t'y conduire.

Car, lorsque tu étais morte de joie et de bonheur en moi,
en raison de l'intensité de mon amour
débordant sans limite à ton endroit,
tu n'as pas sollicité,
par tes cris pitoyablement amoureux,
(pas même en mourant et expirant en moi),
tes compagnes, mes épouses comme toi,
ni même les anges,
pour qu'ils t'entourent de fleurs
et te soutiennent avec des pommes[1],
afin que tu puisses demeurer plus longtemps
en vie et en bonne santé,
de façon à m'aimer autant qu'il convient
et à satisfaire le désir insatiable et affamé
de ton élan amoureux.

L'excès qui est tien, dis-je, d'amour passif,
au-delà de la passivité et de la surpassivité[2],

1. Cant., II, 5.
2. L'Époux dénonce la relative inefficacité de toutes les méthodes actives qu'on pourrait employer pour le conquérir. Seule est efficace l'attitude d'accueil et d'entière soumission à ses grâces prévenantes par lesquelles il

me force doucement à t'aimer
plus que je ne puis te le faire comprendre,
mais autant que je puis te le faire sentir en moi-même
    du fait de la vision sans obstacle et continuelle
    que tu auras de moi,
    qui t'envahira de toutes les manières
        et bien autrement
        que je te l'ai exprimé par mes paroles,
        au cours de ce cheminement mené ensemble
        de notre jouissance amoureuse et réciproque
        l'un de l'autre.

---

appelle et conduit lui-même son épouse. En théologie mystique, c'est ce qu'on appelle la « voie unitive », qui surpasse les efforts de purification et de progression volontaristes.

49

Dans la vision de la divinité de son Époux, l'épouse découvrira que toutes ses perfections n'en sont qu'une : elles sont son être, simplement Lui. Plénitude inépuisable pour elle !

Tu penses bien, ma fille, mon épouse,
que, si tu avais été capable de recevoir davantage et plus,
    je l'aurais fait en toi
et que je te l'aurais montré en moi.

Mais quoi ? Tu me vois tout nu et en totalité[1]
et tu me possèdes tout nu et totalement.
Que pourrais-je te faire de plus et te montrer de meilleur
    que moi en tout moi-même
    et dans la plénitude et la richesse totale de moi-même ?

    Toi-même étant perdue en unité
    et totalement enrichie
        tu es moi-même, en moi-même,
    et tu me possèdes moi-même, en moi-même

Ne sais-tu pas, ô ma fille, mon épouse,
que ma science, ma beauté
et tout ce que je suis en moi-même,
se sont laissés admirer par toi,
    d'une admiration débordante en un temps,
    et, à un autre moment, au-delà de l'admiration ?
Et, finalement pour toujours, ton admiration
s'est renforcée dans l'élan suprême de notre amour
        affamé, conjugal et unique.

1. « Tout nu », c'est-à-dire dans l'unité de ma Personne (cf. 7, note 2) et « totalement », c'est-à-dire dans la richesse de mes deux natures.

Mais tu ne sauras ni ne pourras jamais
parvenir en ma science et ma beauté,
ni par elles ni par cela même qu'elles sont ce que je suis,
à ce fait absolument indicible
qu'elles sont ce que je suis.

Non, ma fille, tu ne pourras jamais,
au grand jamais,
parvenir à elles,
car tu es contrainte de les posséder en moi [1]
et moi en elles
et toi en moi,
dans une très simple ignorance,
et un très simple amour.

Et tu surpasseras infiniment
toute connaissance de mes perfections divines
dans la connaissance de ce que je suis
et du fait que tu me posséderas
adhérant, sans intermédiaire ni obstacle,
à moi, en moi,
par ce que nous sommes et que nous posséderons
en l'unique de nous deux,
dans la jouissance, à la fois partagée et unique
mais bien réelle,
l'un de l'autre.

1. Ce que nous appelons les « perfections divines » (science, beauté, etc.), qui nous permettent de dire ce qu'est Dieu (son essence), ne se trouvent en Dieu lui-même que d'une façon analogique qui appelle toutes sortes de correctifs et de négations par rapport à notre expérience humaine de ces perfections. En réalité, toutes ces perfections en Dieu n'en font qu'une seule (simple et éminente), qui s'identifie à son existence. Son « essence » est « Je suis ». C'est pourquoi l'Époux annonce à l'épouse qu'elle n'atteindra les perfections divines qu'en le possédant lui-même, en personne.

50

L'épouse ne s'est pas arrêtée à la beauté créée de son Époux, mais seulement à sa personne et à son amour.

Tu m'as fait un immense plaisir à ton sujet et en toi,
  ô ma fille, mon épouse,
parce que tu ne t'es point arrêtée à décrire
et exprimer dans tes excès
ma beauté corporelle et extérieure [1]
sous tous mes aspects,
  attendu que ce qui me satisfait
  est que le très Saint-Esprit l'ait très suffisamment
  et amplement fait ressortir
  dans sa réalisation.

Mais toi, ma fille,
tout ce que je suis à l'intérieur de moi-même
    et à l'extérieur
me fait voir que je t'ai ravie à jamais
  tant à cause de ce que je suis
  que de ce que j'ai fait
  et que je fais moi-même en moi-même
    pour le bien commun,
    la jouissance commune
    et le repos commun
    de nous deux [2],

1. La « beauté corporelle et extérieure » (dehors) de l'Époux englobe tout ce qui concerne sa vie humaine et historique résultant de l'Incarnation (« ad extra »). Cette beauté a été inscrite par l'Esprit dans les faits et les Évangiles.

L'Époux est surtout sensible à l'amour porté à sa personne, à ce qu'il est « à l'intérieur de lui-même » (dedans) et à ce qu'il a fait pour son épouse « à l'extérieur » (dehors), mais de façon personnelle et unique.

2. Texte important qui explique pourquoi l'auteur, tout au long de son Épithalame, n'a fait aucun rappel des faits historiques de la vie du Christ

dans l'amour unique de nous deux,
qui, par la puissance de nos débordements communs,
ne fait qu'un de nous deux
en l'unique-de-nous-deux.

C'est pour cette raison
que tu es ma fille et mon épouse *bien-aimée,*
en qui je me suis complu éternellement[1].

Viens, ma fille, viens mon épouse,
viens du Liban,
viens, tu seras couronnée[2].

Couvent des Carmes,
Rennes.

ni cité les Évangiles. Son chant nuptial est entièrement centré sur la relation Époux-épouse (Toi et moi) en tant que sujets d'un amour unique, et non sur les aspects « accidentels », extérieurs et transitifs de leur histoire.

Autre chose est d'aimer Dieu pour la beauté d'un coucher de soleil, pour la guérison d'un malade ou une prière exaucée… autre chose de l'aimer pour lui-même, Personne divine et humaine, au titre et dans la réalité transcendée d'une épouse pour son Époux.

1. Mat., XVII, 5 ; Is., XLII,1.

2. Cant., IV, 8.

III

Épithalame

Texte original

Texte original de l'*Épithalame* de Jean de Saint-Samson d'après les manuscrits des Archives départementales d'Ille-et-Vilaine[1].

Édition critique, publiée en 1954 dans le premier numéro de la revue *Carmelus* (p. 158-175), par Mme Suzanne-Marie Bouchereaux-Michel, docteur ès lettres.

1. Manuscrit conservé aux Archives départementales d'Ille-et-Vilaine, Fond Grands Carmes, 9H40, n°11, f. 271 r-290 r.

L'Épithalame de l'Époux divin et incarné et de l'épouse divine en l'union conjugale de son Époux

Jean de Saint-Samson

1

Au lecteur

Mon Frère, quiconque soyez-vous, à qui cet exercice puisse tomber en main, ne vous étonnez pas de ce que vous y verrez, si son titre vous porte à le lire, comme il est bien croyable qu'oui. Il est fait en l'éminence de l'Objet et du sujet en l'Objet, et en la profondeur abyssale de tout l'Objet, et en l'action du sujet amoureux, et en l'amour même de l'Objet en son sujet et du sujet en son Objet. Cela n'est fait pour personne sinon pour celui à qui [*f. 271 v.*] cela touche, pour être devenu amour selon cela ; vous pouvez laisser ce que vous ne comprendrez en ce traité être ce qu'il est, puisqu'il est fait pour la fin susdite, selon que j'ai appréhendé, devant que de le faire, le sujet de requérir en sa totale éminence. Laissez-le donc là être ce qu'il est, sans vous alambiquer le cerveau autrement, pour le chercher et pour l'entendre, pour ce qu'il n'est pas digéré sensiblement, ni intellectuellement, mais amoureusement, simplement, en totale abstraction, voire tout essentiellement, non pas au tout mais en partie. Finalement, vous y trouverez l'amour réciproque de l'Époux envers l'épouse fidèle, et l'épouse à l'Époux. Ce que, si vous ressentez en quelque manière en vous-même, en l'ardeur de votre désir amoureux du tout insatiable de l'amour de l'Époux, vous ne vous offenserez point de ce que vous trouverez en ce traité. Que si vous êtes sans cela et purement au-dehors, soit par pures [*f. 272 r.*] et profondes spéculations ou autrement, il ne vous doit point toucher. Vous pourrez néanmoins vous démettre profondément de vous-même en vous humiliant sur le désir et la curiosité des communs hommes, afin de le trouver bon, laissant forcer à cela doucement votre raison. Il ne m'importe que vous ni autre me voyiez, compreniez et entendiez sur ceci, ni au reste de ce que j'ai pu autrefois avoir écrit. Chaque vérité a son propre goût et ses termes propres à se manifester à qui elle veut, ou plus ou moins, et totalement en ce qu'elle est, tant en son sujet en soi-même qu'à ses semblables en eux-mêmes.

2

De quoi est-il question à présent, o mon Amour et ma Vie ? Quoi ? Je vois bien que c'est, il faut que je chante les amours uniques de l'Époux en son épouse, et de l'épouse faite [*f. 272 v.*] amour en son Époux. Mais vous, que faites-vous, ma chère Vie et mon Époux ? N'êtes-vous point passionnément affolé de moi ? Il faut bien qu'oui ; aussi n'en douté-je point. Car si cela n'était, vous ne vous fussiez jamais fait chair de ma chair, os de mes os [Gen., II, 23] ; non, vous n'eussiez jamais abrégé votre infinité toute remplissante en la masse de mon humanité, pour m'épouser, et puis ce qui s'ensuit, c'est dire chose grande. Dites-moi, ma Vie, o mon Époux, tout ce mystère ineffable n'est-il pas plutôt l'admiration des séraphins que l'expression d'icelui à moi, votre épouse, qui ne sais faire sur cela ni pour cela qu'un peu balbutier ? Et se faut-il étonner si la contemplation de votre beauté essentielle et objective est en moi et de moi faite en ravissante joie, par-dessus l'admiration, comme étant effet d'amour ravissant son objet en soi-même, auquel et sur lequel l'épouse étant attentivement et fixement arrêtée, jouit ainsi de vous, son Époux, et de vos divines délices, qui lui sont en vous-mêmes, et qui lui font perpétuité de très simple et très nu amour et d'ineffable science et délices, sur ce que vous êtes, et en ce que vous êtes.

3

Quoi donc, ah ! mon Époux, si l'ineffable vue et jouissance que j'ai de vous, se peut exprimer, et l'aise qui me réjouit de plus en plus en mon ineffable jouissance que vous êtes, sans doute je le ferai. Mais quoi ? en le voulant ou pensant faire, que sera-ce faire que cela, sinon me tirer [*f. 273 r.*] et me réduire à l'impossible sur l'exposition et effet de l'état qui est en l'admiration par-dessus l'admiration en vous et en moi ; puisqu'en un mot et pour tout dire, je suis amour de l'amour en mon Époux. Voire, voire, les anges se rient à présent de mon excès en me voyant en peine de montrer vous, votre amour et votre beauté à moi-même, pour m'en animer et pour me ravir de nouveau, et d'aise toute nouvelle, en mes puissances ; vu ce que je suis, ce que je vois, et ce que je possède est une chose par-dessus le sens et par-dessus son expression de vous, mon Époux, et en moi que vous êtes totalement, de la beauté de qui vous n'êtes pas seulement tellement quellement ivré, mais divinement affolé.

4

Que pensé-je donc faire, et que pensé-je donc dire, puisque vous êtes tout simple en ma propre chair ? N'est-ce pas tout dire ? Oui, puisque c'est tout être. Et ce qui m'étonne sur ceci (je dis en la commune, réciproque et unique union de nous deux) c'est de voir la hardiesse qu'ont prise quelques-unes de vos particulières épouses de découvrir aux hommes les abîmes des abîmes de tout ceci en ceci puisque l'on voit manifestement que parler si hautement de ceci qu'on le puisse faire, c'est plutôt diminuer la gloire et la profondeur de notre réciproque union conjugale, simple et unique en notre chair et en notre esprit, que d'en dire quelque chose. Au contraire, le taire et le silence sur ceci serait mon plaisir et tout [*f. 273 v.*] mon déduit, attendu que je sais que par icelui je dois et désire voir le mystère en l'ineffable de nous deux, en l'union réciproque et commune de nous deux, vu qu'ainsi faisant, et par cela même, je vous honorerai infiniment.

Mais que dis-je ? pardonnez-moi, o mon Époux, je vous verrai et vous posséderai ineffablement. Mais que dis-je encore, o mon cher Époux ? Pardonnez-moi, s'il semble que je ne sais que je dis, et que je fais ; nous nous posséderons ainsi l'un l'autre, vous en moi et pour moi, et moi en vous et pour vous.

5

Que reste-t-il à dire et concevoir sur ceci, puisque nous sommes tous deux en notre centre et repos ; on a beau dire sur ceci, je sais la différence de ceci même. Vous m'avez, o mon Époux, ravie de vous et en vous, et me tenez ainsi divine en votre divinité et de votre divinité. Je crois bien, cela n'est point admirable, car je suis votre épouse toute consommée d'amour en amour, toute divine et toute perdue en vous.

Oui ? pensiez-vous point, en bonne foi, posséder votre épouse tout seul, et sans qu'elle vous possédât aussi, en la force de notre amour rapide et conjugal qui nous ravit partout également d'aise, en notre commune jouissance et repos, et nous fait en cela même de plus en plus étroitement serrer l'un l'autre, l'un pour l'autre, en la force de nos uniques embrassements ; ce qui fait que nous sommes également contents, également satisfaits [*f. 274 r.*] en l'aise qui nous ravit l'un de l'autre et l'un pour l'autre.

6

Je ne veux donc plus que vos épouses s'emploient à vous annoncer que je languis de votre amour [Cant., V, 8], puisque nous nous possédons l'un l'autre en notre commune jouissance, nous embrassant très étroitement l'un l'autre, en l'étendue infinie de vous-même, où je suis, non tellement quellement amoureuse de vous, mais je suis passée au même amour que vous êtes pour vous-même. Et l'épouse qui a l'expérience de ceci sait si les traits et attraits de votre ravissante beauté et les délices èsquelles vos épouses sont fondues d'aise et d'amour, en leurs embrassements divins et uniques, peuvent être exprimées par paroles si internes et si essentielles qu'elles puissent être. Car la vue ravissante de votre objet ravissant son sujet, je dis votre épouse que je suis, en soi-même, lui ôte et ravit en ce même moment, en la force impulsive de son aise infini, infiniment possédé au-delà du sens, le désir et la parole, pour ne vouloir, ni oser, ni même ne pouvoir rien dire pour exprimer ceci.

7

Mais quoi ? à quoi pensé-je et que fais-je ? Vous semble-t-il point, o mon cher Époux, que je veuille constituer et établir tout mon heur et ma jouissance objective en votre seule nature divine ? Oui, mon amour, là est bien tout mon plaisir et mes délices, mais néanmoins, je veux sortir de là sans en sortir, en l'amour et pour l'amour de la chair unie à votre même divinité, uniquement [*f. 274 v.*] pour aimer désormais uniquement comme la même divinité la chair même que vous avez aimée jusques ici, ou pour mieux dire, pour jamais en vous-même, puisqu'elle est à vous et pour vous. Mais où est-ce et de qui l'avez-vous prise, n'a-ce pas été de moi ? de sorte que vous êtes *chair et ma chair, os de mes os* [Gen., II, 23], aussi bien que la vie de ma vie, et l'amour de mon amour ? Pourquoi aussi la preniez-vous ainsi de moi et ma forme en ma forme ? Aviez-vous point de cela en votre béatitude ? Pourquoi, dis-je, la preniez-vous de moi, si vous ne vouliez que je l'aimasse éperduement, et de telle sorte que j'y constituasse mon repos, comme étant une même chose avec mon Époux, et en mon Époux que vous êtes ? Et vous étonnez-vous si, en l'activité de mon rapide amour, je vous embrasse tout nu, tout divin, en votre divinité, et tout divin en votre humanité, qui n'est ni n'a pour sa gloire et sa félicité qu'un seul et unique suppôt divin et humain en sa divinité et en son humanité.

8

Dites-moi, ma Vie, eût-il été possible que voyant votre épouse le Verbe éternel du Père éternel fait chair, en la bréviation et raccourcissement de son enclos, pour m'épouser et me rendre toute divine en sa même divinité, tant par le flux que par-dessus le même flux de son jeu actif, exercé en la force secrète et efficace de l'amour de soi-même, de lui en moi, et de moi en lui, en l'unique de nous deux ; eût-il, dis-je, [*f. 275 r.*] été possible, qu'en la première vue de ceci, votre épouse que je suis n'eût été ravie d'aise et d'amour en l'amour de son Époux divin et humain que vous êtes ? Non, non, il ne pouvait ni devait être autrement ; car pourquoi tout cela, et à quoi faire, sinon pour nous posséder à pur et à plein l'un l'autre, en la force divine et divinement efficace de nos mutuels, simples et uniques embrassements, l'action, la passion et la jouissance desquels nous sont en notre commun repos et jouissance d'eux-mêmes ineffablement ineffables.

9

Mais quoi ? mon Amour, chacun s'étonne, et même vos épouses plus chéries, de la tant étrange vengeance que vous avez prise de vos épouses dessus leur première infidélité. Car la vengeance que vous avez prise d'elles a été de les toutes épouser à votre nature et Majesté divine, par un tant ineffable mystère et sacrement tel qu'est celui-ci, vraiment dit et expérimenté de vos divines épouses sacrement d'amour unique, faisant amour de plus en plus et de mieux vos épouses en amour, en la force du même amour actif qui débordant en elles du plus profond de soi-même au même instant de leur conjugale union le torrent de ses divines lumières, joies et délices, pour la consommation de notre mariage divin, divinement consommé en elles et en vous, mais en l'unique de nous deux, où nous sommes [*f. 275 v.*] vous-même en vous-même, votre amour en votre amour, vos délices en vos délices, votre contemplation perpétuelle en votre joie et contemplation, rapidement entraînée sans cesse du flux actif de notre commun et réciproque jeu amoureux en cette commune, réciproque et simple jouissance l'un de l'autre, simplement consommée en l'unité de nous deux, en simplicité d'esprit, de vue et de pensée, d'intelligence, d'attention, de lumière, de goût, de repos, aussi bien que d'amour.

Voilà, mon Amour, voilà que c'est que votre amour sortant à sa fécondité, dont nous sommes les tant admirables et prodigieux effets, non en nous mais en vous, fluant de vous le même amour en nous et pour nous.

10

Chacun sait assez, o ma Vie et mon Époux, qu'auparavant l'exubérance manifeste et visible de votre amour en vos épouses et pour vos épouses, vous n'aviez la similitude que de vous-même ; aussi suffisait-il, o mon cher Époux, de l'avoir au flux total et éternel du principe de votre éternelle production en sa fécondité infinie, par laquelle vous êtes semblable à lui-même, en distinction de lui-même en lui-même, sans préjudice de la mienne en ma nature, pour vous rendre semblable à moi en moi, mais, pour mieux dire, suivant cette vérité, pour me rendre totalement semblable à vous-même en moi-même, faite vous-même de vous-même en vous-même et pour vous-même.

[*f. 276 r.*]. Mais quoi, mon Amour, si c'est ainsi que vous vous vengez de moi pour les injures autrefois reçues de moi, la vengeance est [non] seulement tolérable, mais très douce et délicieuse, d'autant qu'elle est faite d'amour en amour, pour me faire et rendre amour, en l'unique amour de nous deux. O mon Époux, et s'il est licite de se venger ainsi ?

11

Mais puisque amour veut que je me venge ainsi de vous, je dis sur l'effet de votre amour uniquement, pleinement et profondément possédé pour vous et pour moi en vous : je me vengerai ainsi, de fait en cela même, je dis en [ne] cessant de me plonger en la force et vigueur de mon amour infini en vous, de profondeur en profondeur et d'abîme en abîme, jusques à ce qu'à force d'agir et de pâtir en amour je sois totalement réduite et consommée en vous et en votre amour, pour adhérer simplement, uniquement et nuement à vous, par la simple vue que j'aurai de vous en vous-même, toute perdue en vous que je serai pour lors. Se faut-il donc étonner de me voir ainsi procéder, à corps et à cri, à vous aimer simplement et nuement tant dedans que dehors, pour vous toujours également posséder en l'insatiété infinie de mon appétit amoureux qui n'est ni ne sera jamais rassasié pleinement qu'en vous possédant à pur et à plein, et qu'il ne soit totalement regorgeant de vous pour redonder aux autres en telle abondance que de les rassasier et remplir des excès de son exubérance.

12

Chantez hardiment, o épouses d'un tel Époux que le mien, vous, dis-je, qui êtes mes compagnes [*f. 276 v.*] en sort et jouissance si heureuse que la nôtre ; chantez à mon instance infinie comme je chanterai à la vôtre, un cantique nouveau contenant infinies louanges sur la grandeur et amour infiniment excessif de notre Époux, sortant à nous pour nous si admirablement épouser que de nous déiformément déifier de lui en lui, et nous faire soi-même de soi-même.

13

Mais, o ma douce Vie, je ne vous ai pas spécifié les moyens que je voulais tenir à me venger de vous sur la douce et amoureuse guerre que vous me faites en perpétuité d'amour. Ce que je ferai, dis-je, pour cela, sera que si vous vous plaisez aux actes de votre plus profond amour, par lesquels vous veniez incessamment à moi, moi aussi faisant de mon mieux, en la force infinie du mien réciproque au vôtre, j'irai incessamment à vous, où par les mutuelles rencontres fréquentes, mais infiniment fréquentes je dis mieux, sans cesse, nous choquerons d'esprit à esprit, jusques à ce que l'un de nous deux ait succombé à son action. Mais que dis-je ? Pardonnez-moi, o mon Amour, mon excès sur ce que je dis et ce que je conçois ; je dis jusques à ce que mon action, mon pouvoir et mes forces animées de vous et de votre amour, aient succombé aux vôtres et par les vôtres, et qu'ainsi je sois totalement vaincue pour me laisser désormais agiter et posséder à pur et à plein, sans aucune résistance possible de ma part.

14

Chantez donc, mes chères compagnes, à notre Époux un cantique nouveau de louange infinie à mon [*f. 277 r.*] instance, puisqu'il a si admirablement fait paraître les excès de ses infinis prodiges, en la profonde et totale consommation de notre mariage divin avec lui, simplement, uniquement consommé de lui en nous, et de nous en lui-même, par-dessus la force connexe de l'union de nous et de lui, ou de nous à lui, mais en l'unité divine de soi-même, où les trois personnes de la Trinité résidentes pour le comble de leur félicité active et jouissante, se bienheurent suffisamment et de tout point, en la totale et mutuelle contemplation complexive l'une de l'autre, et l'une en l'autre.

15

Dites-moi, mon Époux, ai-je point mal dit et mal conçu, quand je vous ai fait voir et fait entendre que je ne dois point sortir à ceci pour en rien exprimer, vu que notre jouissance et possession ainsi possédée l'une de l'autre par-dessus toute compréhension, étant en une vue et un repos infiniment ineffable comme elle est, ne peut être exprimée d'aucunes formes spécifiques, conçues ou infuses, que d'une infinie distance de ce qu'elle est. Et que sert-il d'exprimer les choses qui sont par les choses qui ne sont pas, tout autant que d'exprimer celles qui ne sont pas par celles qui sont ? Car, dites-moi, ma Vie et mon Amour, où est la vérité de tout ceci quant à l'objet qui me ravit de lui en lui en la plénitude de lui-même, de laquelle je me sens regorgeante plus abondamment [*f. 277 r.*] qu'on ne peut le penser, sinon en vous qui êtes au-delà de l'être, en l'éminence de l'être, et en l'éminence du non-être, en l'être et au-delà de l'être, par force de suréminente négation.

16

De sorte qu'étant cette vérité en son accomplissement en nous deux, vos épouses ne sauraient jeter les yeux dessus moi, sans voir que je suis votre chère et unique épouse, par des signes évidents et manifestes de votre radieux et exubérant amour qui sort manifestement à vous de moi, soit que je m'en aperçoive ou non, encore que tout mon désir soit d'être perpétuellement dedans et cachée et connue de vous seul qui êtes mon Époux, ma Vie et mon Tout.

Qui est-ce donc qui s'étonnera de me voir belle en la beauté insigne de vous, à mon Époux ? Non, on ne s'étonnera point de me voir publier de moi-même que je suis toute belle, si tant est que je le fasse : puisque convoitant ma beauté comme vous faites, vous la perfectionnez jusques à son entier accomplissement de la vôtre en la vôtre infinie, pour la pleine satisfaction de vous-même.

17

Mais quoi, mon Amour et ma Vie, cependant que je m'amuse à traiter avec vous en la force de mes excès, des excès tant de vous que de moi sur notre divin mariage divinement consommé en la force d'iceux, je m'oublie de mes plus urgentes et extrêmes nécessités sur la faim et la soif que je souffre, et pour vous dire sainement, o mon Époux, je défaus d'amour en l'abondance de ma joie et de ma faim et de ma soif [*f. 278 r.*]. Car j'ai faim et soif infiniment de vous posséder personnellement et totalement, couvert du manteau de votre Sacrement amoureux, institué en la force des excès de votre même amour en mon endroit, pour vous personnellement et totalement unir en la force de mon désir affamé et sitibond de vous personnellement posséder en ce Sacrement d'amour consommé en vous-même et par vous-même, et d'amour consommant vos épouses avec moi en vous et pour vous, sans manquer et désister de ma créaturalité.

J'ai faim, o mon Amour, venez vitement rassasier votre épouse de ses délices objectives que vous êtes, en cette notre communion faite unique en la force de notre rapide et ravissant excès ; et lors votre épouse sera de tout point contente, satisfaite et pleinement rassasiée.

18

Que si vous ne vous hâtez de venir et d'entrer vitement en notre lit pour notre commun repos et notre commune jouissance, je ne ferai que languir en mon impatience, en attendant le moment si heureux et si fortuné auquel vous veuilliez et daigniez amoureusement entrer à votre épouse, pour la totalement remplir d'exultation et jubilation, redondant de la très radieuse et éclatante plénitude de vous-même, au plus intime et plus profond d'elle-même, les voluptueuses inondations de laquelle viennent à déborder de toutes ses puissances, pour flotter au long et au large en la mer très spacieuse de votre divinité, où l'Époux et l'épouse soient un et sans distinction ni différence, s'il faut ainsi dire [*f. 278 v.*].

19

Je n'entends pas en ceci, o mon Amour et ma Vie, séparer ni distinguer, tant peu que ce soit, vos dons de vous-même, ce qui serait être sensuelle et non divine comme je le suis. Car vous n'êtes point sans tous vos dons, de sorte que vous possédant à pur et à plein à jamais, comme je vous posséderai, o mon Époux, je n'appréhenderai jamais l'indigence ni la disette de vos dons, puisque l'Époux n'est ni en lui ni en son épouse sans la totale plénitude de ses dons, pour l'embellir, la décorer et la souverainement accomplir jusqu'à son dernier point, selon l'ordre éternel de son éternelle prescience, en l'éminence de son suprême degré.

20

Mais, o mon Amour, comme vous êtes feu dévorant pour dévorer vos épouses pour les totalement engloutir en vous et pour les plonger, perdre et abîmer de fond en fond et d'abîme en abîme en votre divinité humanisée, elles brûlent aussi de vous en vous, soit en leur amour soit au vôtre, qui est beaucoup dire, où et auquel elles sont totalement consommées, pour votre suprême félicité en elles et en vous, et pour la leur en vous. Je vous ai toujours dit, o mon Amour, que je n'entendais point me beaucoup abaisser sur ceci, pour me dilater d'une commune manière ; puisque ce qui est ineffable et ineffablement possédé doit être vu et possédé en jouissance réciproque des deux amants faits un, sans admiration et par-dessus l'admiration, comme je l'ai dit [*f. 279 r.*].

21

Mais, dites-moi, mon Époux, comment et en quoi vous avez consommé votre amour pour vous et pour moi ? Je vous l'ai déjà dit, mais commandez-moi de ne plus sortir dehors, puisqu'il me convient entrer au fin fond de vous-même, je dis par renonciation d'efforts vigoureux de mon amour, et puis par une secrète force passive, par laquelle je subsiste en votre contemplation intuitive, simple et très unique qui me tient en son regard intuitif fixement et immobilement arrêtée au-dedans de vous-même qui le ravit et le maintient perpétuellement en la simple et unique subsistance au plus profond de vous-même, là où existant de votre éternel principe en égalité de vous-même, vous vous bienheurez de lui en lui. Et moi, et le reste de vos épouses, sommes rapidement tirées en l'amour unique procédant de votre mutuel regard et amour, en la force infinie de votre entière fécondité, en l'existence unique de qui nous sommes, ou pour être totalement tirées, ou pour l'être déjà totalement, comme quelques-unes de vos épouses le sont.

22

De sorte que me voyant ainsi profondément abîmée de vous en vous, pourquoi m'étonnerai-je si, en la douceur de votre ineffable amour, vous me dites que je suis *toute belle*, et *qu'il n'y a en moi aucune macule*? [Cant., IV, 7]. Je sais de vrai qu'il en sera ainsi quand je serai autant transformée de vous en vous que vous le désirez. Je ne veux point ici dilater sur les effets de ceci ; puisque là où est amour, là sont indubitablement tous ses effets ; et s'il en manque quelqu'un, amour est en cela même imparfait, ou plus ou moins, ou n'est plus du tout.

[*f. 279 r.*]. Mais que semble-t-il que je veuille dire ici, puisque vous m'entendez bien, et que mes simples et uniques soupirs, mes conversions uniques et essentielles, et mes simples regards, volant subtilement et agilement en vous, à guise de foudres et d'éclairs, m'expriment assez ?

23

Ah ! mon Amour et ma vie, qu'importe de vrai de me dire belle, étant si amoureuse de vous que je suis, soit en amour soit par-dessus l'amour, en l'amour même de vous-même. Je dis en vous-même qui ravissez de votre beauté tellement vos épouses qu'elles sont et se trouvent totalement transformées en elle, en la force de l'amour connexe qui les lie et unit et entrelace très étroitement du nœud et lien du plus unique, plus intime et plus profond amour qui se puisse jamais appréhender.

Supposé donc, ah ! ma Vie et mon Amour, que notre commune science et intelligence sur ceci se retrouve vraie, vous avez juste sujet de me publier aux anges et aux hommes, je dis mieux, aux jeunes adolescents [*sic*] qui *courent en l'odeur de vos onguents* [Cant., I, 3], en la force de votre ravissante beauté, pour ne jamais vous perdre de vue ni de sentiment efficace et savoureux : vous, dis-je, avez juste sujet, o mon Amour et mon Époux, de me publier haut et clair *toute belle*, toute pure et toute sainte, *sans qu'aucune macule* soit en moi [*Ibid.*], ce que n'étant pas toujours vrai en un sens, il est très vrai en l'autre ; c'est assez que vous m'entendiez sur ceci, et que ce secret soit dit de nous deux.

24

Mais quoi, mon Amour et ma Vie, je suis votre épouse d'amour et de sang, et vous êtes [*f. 280 r.*] mon Époux réciproque d'amour et de sang. Mais, o mon Amour, il y a trop longtemps que je soupire après vous et après la possession personnelle de votre Majesté, pour la réitération présente avidement et faméliquement appétée de nous deux, pour la réitération de la célébration de nos divines noces, en l'exercice et action desquelles il faut que nos amours, nos désirs et tous nos esprits se renouvellent, pour le soutien, pour le moins selon moi, de notre suprême et divine jouissance. Vous m'entendez bien encore sur ceci, ce qui est un excessif secret.

25

Mais avant que de procéder en mes simples et ardents soupirs après mon bien infiniment et de plus en plus appété, il faut que je vous dise une vérité, qui est que je n'admire point votre suprême puissance à faire toutes choses, non pas même à faire cet admirable et auguste Sacrement qui ne vous sert en ses espèces, s'il faut ainsi dire, que pour me cacher et voiler la gloire de votre Majesté ; mais mon admiration infinie est de l'amour consommant soi-même, comme je l'ai dit, au fait du très saint, très vénérable et très auguste Sacrement d'amour consommé et consommant, contenant vous-même vrai Dieu et vrai homme vivant, pour ravir par vous et en vous-mêmes vos très chastes et divines épouses. Et si quelqu'une se trouve sans admiration et ravissement sur ceci, comme moi, je le dis comme je le suis, que voulez-vous que je dise de moindre, o mon Amour, que la vérité, qui est qu'elle ne vous est pas unique, profonde, parfaite, intime, [*f. 280 v.*] simple et toute divine épouse. Car il est impossible qu'amour ne fasse amour là où il est, suivant le commun dire et la vérité plus connue et expérimentée, que l'épouse est plus, en la force de son amour, en celui qu'elle aime, je dis en vous, o mon Époux, où elle est et réside, infiniment mieux qu'au sujet qu'elle anime et qu'elle vivifie.

26

Et si d'aventure il échoit que quelques-unes me jugeassent brune et noire [Cant., I, 4-5], il est vrai que je le suis. Mais néanmoins, je suis belle par-dessus toute beauté imaginaire ou intellectuelle, je dis entre les bras de mon divin Époux, et en moi par la secrète et intime opération de lui-même, par laquelle il me verse et infond abondamment sa regorgeante beauté surnaturelle, qui me fait sortir, même au-dehors, en charité bien ordonnée [Cant., II, 4], avec bonne grâce, beau geste et beau maintien, à l'illumination des communs hommes, et à l'exercitation parfaite de toutes les vertus, avec ses autres épouses d'égalité. Et c'est là que sa sapience sort à l'infini pour tout anticiper et pour tout pénétrer, d'un fin à l'autre, vivement, puissamment et simplement.

27

Mais c'est maintenant qu'il faut que je cesse toutes ces déductions de mes amoureux excès, exprimant non le vôtre envers moi votre épouse, car il est impossible, mais le mien à l'endroit de vous qui êtes mon Époux et mon Tout. Il faut donc venir au point de mon désir.

Hélas ! hélas ! comment tardez-vous si longtemps à venir prendre possession de moi, pour notre [*f. 281 r.*] réciproque et mutuel contentement et satisfaction ? Hélas ! hélas ! le centre de mon cœur, le soutien de ma vie, qu'il y a longtemps que je vous attends, en mon impatience et en mon amour consommant qui me dévore et me consomme toute en la force de son ardeur, pour l'excessif et affamé désir que j'ai de notre conjonction mutuelle et personnelle sans milieu ni entre-deux !

28

Puisque vous me voyez en cette extrémité, entrez en possession de votre épouse, tout présentement et sans plus de délais ; car [*blanc dans le texte*] ayant soufflé en notre jardin [Cant., IV, 16], ses odeurs aromatiques s'exhalent suavement et ravissent en admiration ceux qui en sont divinement touchés.

Nous nous en délecterons à plaisir, o mon Époux et ma Vie, quand vous y serez entré. Et je m'assure que le plaisir et contentement que nous y aurons sera si grand qu'à peine en voudrez-vous bouger, y constituant tous deux nos mutuelles délices. Joint, o mon Époux et ma Vie, notre jardin est très bien clos et fermé [Cant., IV, 12], et n'y aura personne qui puisse découvrir nos amoureux ébats, pris de tout point de tout ce qui rend ce lieu accompli souverainement. Et puis, après tout cela, nous les prendrons réciproquement l'un en l'autre et l'un de l'autre, par les mutuelles caresses et accolades divines et mutuelles embrassades des égales, mutuelles et infinies délices de nous deux. Et puis après, nous en irons, ou, pour mieux dire, nous nous retirerons en notre chambre, suprêmement ornée et parée pour notre commune demeure [*f. 281 v.*] en laquelle vous vous délectez singulièrement d'habiter pour y reposer au midi [Cant., I, 6]. Tout est de longtemps préparé, et vous y attend. Ne désistez plus longuement de satisfaire en cela à votre épouse.

29

Mais, o mon Amour et ma Vie, vous êtes entré en moi au même moment que je l'exprime, pour remplir totalement mon désir et mon appétit affamé du comble de vos essentielles délices en la très étroite union de nous deux ; vous requérez de moi que je le dilate et que vous le remplirez. Je l'ai dilaté à l'infini, et vous vous êtes toujours délecté de le remplir, par l'union personnelle et réciproque de nous deux, fluant en moi l'abondance du torrent impétueux de vos divines et simples délices. Possédons-nous donc tous deux à pur et à plein, o mon Amour et ma vie, en la force de nos réciproques embrassements, et que jamais en cela et pour cela même, que les créatures, avec toute leur industrie, ne puissent jamais au grand jamais troubler notre commun repos.

30

Mais je veux bien que vous sachiez, o mon Époux, que, comme la vie, le respir ne m'est doux et agréable qu'en vous, aussi suis-je profondément jalouse de vous. Ce qui fait que je crains plus votre retraite et absence de moi, voire pour un seulement [*sic*] que je ne vous le puis exprimer. Je veux bien, o mon Amour, que vous visitiez et délectiez de votre divine présence et délicieuse, mes compagnes. Mais puisque vous vous délectez souverainement partout, et que vous pouvez tout, ne prenez pas tout votre contentement [*f. 282 r.*] et ébat avec elles et en elles sans moi, et au préjudice du mien : cela est du plaisir et du pouvoir de votre amour.

31

Mais quoi, vous semble-t-il point, o mon Amour, que je craigne en mon abondance d'être frustrée de votre jouissance, comme je l'ai été au passé ? Non, quoi que je dise, je ne crains point, car vous êtes mien et je suis vôtre. Vous me possédez et je vous possède tout à tout, tout et totalement. Et nous [ne] sommes qu'un, en l'un et l'unique de nous deux, qui sommes également ravis de l'amour et beauté l'un de l'autre, l'un en l'autre et par les mutuels et ineffables embrassements l'un de l'autre, l'un en l'autre, où nous sommes possédant en égalité de délices, en égalité de simplicité, en simple amour, en notre simple et simplement unique essence, par-dessus l'action, par-dessus la passion, par-dessus l'inondation, par-dessus l'amour même, en l'amour au même amour sans amour, en la très simple, très unique et très attentive vue réciproque et mutuelle en nous deux, en l'unique simple de nous deux, par-dessus la compréhension, par-dessus l'admiration, sans admiration, en l'ineffablement ineffable, où je suis totalement submergée et perdue d'amour et d'aise, par-dessus l'amour et par-dessus l'aise, en l'unique objet qui me tient immobilement ravie et adhérente en attention perpétuelle sans attention en vous et à vous, mon unique Objet et mon Époux.

Qu'est-ce que tout ceci ? Le conçoive qui pourra, l'exprime qui le connaîtra, s'il veut ; mais s'il peut [*f. 282 v.*] il lui est licite ; mais le taise au surplus qui le doit ; car c'est ici que notre jouissance intuitive, respectivement et mutuellement en nous deux parle, non ceci ni rien appartenant à ceci, mais infiniment autre chose que ceci, hors de ceci par son profond, perpétuel et ineffable silence.

32

Mais nonobstant cette vue, je sortirai, sans sortir néanmoins, à un excès de paroles, pour vous dire en notre commun déduit amoureux, que tant et tant de fois je vous ai englouti personnellement, comme je vous tiens et vous possède par le même engloutissement que j'ai fait de vous en moi. Et vous vous êtes servi de mon action effective, et toujours également effective, en la force de notre commun amour, pour me personnellement et totalement engloutir en vous, où j'ai toujours été ce que je suis à présent, vous-même en vous-même, sans différence ni distinction de vous-même. Et ce qui m'a autrefois étonnée sur ceci, lorsque je vous étais nouvelle amoureuse et nouvelle épouse, c'est que vous vous soyez servi, pour la consommation effective de votre amour en vous et en moi, du moyen actif de ma répudiation d'avec vous, pour nous conjoindre par mariage solennel, en qualité d'Époux et d'épouse, pour la consommation totale de nos amours réciproques en l'unique de nous deux, non en l'union personnelle et telle quelle de nous deux, mais en l'unique unité de nous deux, par-dessus l'union et la profonde et simple unité personnelle de nous deux, où nous sommes uniques en unité simple, où nous jouissons de notre commun bien et repos objectif en la mutuelle et simple adhésion, et la simple et ineffable [*f. 283 r.*] et unique complaisance l'un de l'autre, l'un en l'autre, dont il faut par honneur et révérence que toute créature se taise.

33

Mais, mon Amour et ma Vie, autrefois vos épouses, mes compagnes, ont ajouté à mes langueurs sur votre absence, infinis sujets d'inconcevables douleurs, sur ce que, me voyant, j'allais lamenter mon infortune auprès d'elles, mais en passant et repassant auprès d'elles, comme errante et vagabonde, plus morte que vive en la force de ma douleur ; et soit qu'elles pensassent à ce qu'elles me dissent ou non, elles me disaient : *O la plus belle d'entre les femmes, où est allé votre Époux ?* [Cant., V, 17]. Est-il possible que vous soyez tant infortunée que de l'avoir perdu sans votre su, et qu'il s'en soit fui de vous comme fortuitement ? Non, mon Amour, je crois qu'elles ne pensaient pas ce qu'elles disaient ; parce que si elles eussent été profondément attentives, elles ne m'eussent pas ainsi outrée de douleur. Car ma douleur était pour lors si cuisante et excessive, en ce que je vous appréhendais en ce que vous êtes en vous-même par cela même, que si vous ne m'eussiez secrètement soutenue, elles m'eussent vue défaillir et tomber roidement morte à leurs pieds.

34

Mon Amour et ma Vie, c'est ainsi, c'est ainsi que notre repos et commune jouissance se possède l'un de l'autre, et l'un en l'autre, pour nous ramentevoir en la force de notre présente jouissance, excessive par-dessus l'excès de la compréhension et expression, comme il apparaît assez (le passé par le présent) ce qui se fait ainsi mutuellement de nous deux en la force très [*f. 283 v.*] simple du présent amour qui nous agite, en la force connexe de nos uniques et très simples embrassements, par la simple force desquels je suis toute fondue et étendue immobilement en votre ineffable Essence, tant en la vérité des excès ci-dessus exprimés, qu'infiniment au-delà de cela même, en votre totale divinité et humanité, où je suis divine-humaine et humaine-divine, en la totale plénitude toute comprenante et incompréhensible, ni comprise de votre épouse telle qu'elle soit. C'est en cela, o mon Amour, que consiste toute ma joie et ma félicité présente.

35

Mais, mon Amour, mon Époux, voyez-vous que cependant que nous jouissons de nos mutuels amours, sur le lit ordonné pour cela de nous deux, pour nous divinement ébattre en la douce suavité de nos simples, uniques et ineffables embrassements ; sur le lit, dis-je, de l'Époux et de l'épouse, où vous et moi nous nous délectons l'un de l'autre, par-dessus le sens et la compréhension, en plein midi ; ne voyez-vous pas, dis-je, o mon Époux, comme ce pendant nos ébats amoureux, réciproquement pris l'un de l'autre et l'un en l'autre, *mon nard épand son odeur ?* [Cant., I, 12]. C'est assez que nous nous entendons l'un l'autre sur ceci.

36

Mais cependant que je procède à la manifestation de nos réciproques excès, en l'infini excès de moi-même, où je surpasse, non moi-même purement, mais tout le créé et tout ce qui le peut être : je me sens infiniment plus forte et plus étroitement serrée de vous, en la force du tout extraordinaire de vos embrassements amoureux, par l'ineffable douceur et suavité divine desquels je me [*f. 284 r.*] sens tellement ravie extraordinairement d'aise et d'amour en la totale plénitude et étendue de vous-même, où je suis toute fondue et transfuse, pour n'être jamais, au grand jamais plus que vous-même, que je me vois et me sens très proche de mourir et expirer totalement, par cela même que vous êtes et que je suis en vous-même que j'embrasse et que je possède, en notre très simple et très unique repos en notre très simple flux de divines délices qui est en l'unique de nous deux pour nous deux, notre même repos sans distinction ni différence de ce que nous sommes, voyons et possédons l'un de l'autre et l'un en l'autre.

Ah ! mon Amour et mon Époux, si vous m'étreignez et serrez plus fort, vous me ferez sans doute mourir d'aise et d'amour. Il est vrai que telle mort m'est autant désirée qu'elle est déjà ressentie de moi douce et délectable infiniment. Mais, o mon Amour et mon Époux, si je meurs ainsi, que diront les anges de vous ? et ne vous jugeront-ils pas, à bon droit, excessivement passionné de l'amour de votre épouse que je suis, voire plus que vous ne l'êtes d'eux, lesquels vous ne forcez si doucement et si amoureusement entre vos divins bras, qu'ils en viennent jusques à là que d'en mourir.

37

Mais, o mon Amour, o mon Époux, o le centre de mon cœur, o le comble de mes délices ! Ah ! ma Vie et mon Tout, vous m'étreignez trop étroitement, vous m'embrassez trop [*f. 284 v.*] doucement, vous me surcomblez trop suavement, vous me ravissez trop heureusement, voire au comble de ma totale félicité que vous êtes, en la jouissance de qui je suis éternelle, sans temps ni éternité, voire sans le moment.

Ah ! je défaus totalement ; ah ! je n'en puis plus, je meurs et expire d'amour et d'aise dedans votre sein suressentiel, la beauté exquise et délicieuse duquel me ravit puissamment la vie d'aise et d'amour, en amour et par-dessus amour, en repos et fruition, par-dessus le repos et la fruition, en simplicité, par-dessus la simplicité ineffablement ineffable, en l'ineffable par-dessus l'ineffable.

38

Je suis arrivé en toi jusques ici, ma fille et mon épouse, au dernier point de suprême satisfaction en toi, désireux que j'étais avidement de te consommer en moi et de moi, jusques à te faire mourir si doucement entre mes bras, en la douce force et violence amoureuse de très forts et très adroits embrassements dont je te tiens embrassée en l'étendue infinie de mon Essence et de mon amour, entre mes divins bras, pour par cette égale action du jeu divin également actif de nous deux, te rendre pleine et jouissante de moi et en moi, et de tout ce que je suis, en qui tu es totalement transformée, par-dessus tout degré d'amour transformant, puisque tu as atteint ton Essence originaire que je suis, en qui tu vivras et résideras comme moi-même, sans distinction ni différence de moi-même, qui suis ton repos, ta totale félicité et ton total paradis [*f. 285 r.*].

39

Mais voyez, o filles de Jérusalem, je vous adjure par moi-même de ne jamais éveiller ma bien-aimée épouse, jusques à ce qu'elle-même le veuille [Cant., XXXII, 7] de son plein gré. Mais toi, o ma fille, mon épouse, je te tiens embrassée comme tu me tiens embrassé ; et le même amour qui me force doucement de te serrer étroitement et uniquement à moi et en moi, le même amour, dis-je, te contraint vivement par sa douce force impulsive, de me serrer étroitement à toi, pour, en la force délicieuse de notre mutuel et complexif amour, jouissant, par-dessus l'amour l'un de l'autre, de nous deux en nous deux, demeurer immobilement adhérente à moi, sans la perte ni la privation de ton essence créée, faite semblable à moi, possédant moi-même en moi-même et tout ce que je suis, soit en l'amoureuse action de nous deux, soit en l'amoureuse passion et surpassion de nous deux, en nous deux.

40

Car ce que tu n'as pas et ce que tu n'es pas, et ce que tu ne dois pas être par nature, à savoir moi-même en moi-même et de moi-même, tu l'es et le possèdes en l'amour actif de nous deux. Mais tu es toute moi-même en moi-même, en l'amour réciproque et mutuel, passif et surpassif de nous deux. De sorte qu'ayant surpassé toi-même, moyennant la suppression de ton appétit actif et affamé, tu es fluée hors de toi en moi, en l'éternelle étendue et jouissance de ton Époux que je suis, pour mon infini contentement et le tien, qui, pour la grande et suprême similitude que tu as de ma divine nature [*f. 285 v.*], semble ne point fluer de deux sujets en deux sujets, par active et réflexe redondance, à cause de la suprême union de nous deux, essentielle et toute personnelle, faite unique au-delà de l'union personnelle et conjugale de nous deux, en l'unité même de la très sainte et très simple fécondité active[1] ; pour d'icelle retourner en la totale jouissance de tout le simple, fécond et unique en la force infinie de l'amour du simple unique, fluant également de tout le distinct fécond, comme de son simple et originaire principe présent, où l'amour mutuel et réciproque de toute la simple fécondité, ravie en la force de son simple unique, jouit ineffablement des ineffables embrassements et délices l'un de l'autre, et l'un en l'autre pour la mutuelle et réciproque complaisance l'un de l'autre, qui se fait et se possède également et mutuellement en l'égale égalité de l'amour mutuel, réciproque et complexif l'un de l'autre, par les ineffablement ineffables embrassements savoureux et délicieux l'un de l'autre et l'un en l'autre, par une transfusion du simple total au simple unique en l'unité simple, où toute la fécondité se possède en simple repos, infiniment hors de

1. La suite de tout ce paragraphe a été omise dans la transcription moderne (§ 40, p. 120). Les raisons de cette omission ont été exposées dans la présentation générale (p. 21, note 1).

l'intelligence, de la compréhension, et hors de l'être en l'être, de l'être, par le même simple unique, sourdant d'amour très simple et vigoureux de sa très vigoureuse et infinie fécondité, activement et toujours également et immobilement subsistante au-dedans, pour faire amour en soi-même égal à soi-même, ravissant son mutuel et [*f. 286 r.*] vivifique objet, comme par un total engloutissement d'amour et de joie ravissante, d'un même effet et amour unique, en soi tout son égal distinct, pour la commune jouissance et repos total de sa fécondité active, refluante, par même effet de réaction amoureuse et complexive, de tout soi en l'amour du très simple unique, qui fait simple unité, simple amour, simples délices et simple repos, suffisamment convenable et compétent pour bienheurer par la mutuelle contemplation et embrassements mutuels l'un de l'autre et l'un en l'autre uniquement faits, uniquement ressentis et uniquement et également possédés, la fécondité en unité uniquement unique par-dessus la fécondité, en l'amour rapide et engloutissant amour, son essence et sa substance en soi-même, en son essence et substance totale, par-dessus amour actif, et sortant à son flux actif et personnel, à sa fécondité, et pour sa propre et pleinement pleine félicité ; et le tout en la rapide force du simple unique, qui, en la rapide force de ses tout anticipants et tout ravissants embrassements, tire tout, ravit tout son objet personnel d'égale distinction à soi-même, de l'amour simple et unique de soi-même en soi-même, en la toute commune essence et substance de tout le fécond unique, en l'unique simple et unique, ravissant de soi également toute sa fécondité active en leur commune essence, jouissance et repos [*f. 286 v.*] par-dessus l'action sortante et fluante activement à soi-même pour soi-même, pour l'active et toute présente conversion réflexe d'elle-même à soi-même. Cela, ma fille, mon épouse, est te tirer de moi en évidence à toi-même, et est tout te dire et tout entendre ; car mon action et opération essentielle en toi, est mon parler et mon colloque amoureux avec toi, tant en tout ceci qu'infiniment au-delà de ceci, opérant notre commune jouissance et repos et le tien tant par le flux rapide et savoureux de mon infiniment simple opération, que par-dessus le flux de mon opération toute inondante de simple lumière et délices.

41, 42

Voilà, ma fille, mon épouse, ce que je suis et ce que nous sommes en ce qui je suis en moi et en toi, en mon humanité et ma divinité, subsistant également l'un de l'autre, en l'autre et pour l'autre, et en ton humanité divine, subsistante de moi, en moi et pour moi, où ce qu'un tient et possède à pur et à plein toujours également pour moi toute la félicité due à ma nature infinie, de laquelle te résulte par amoureuse et active redondance et réflexion de mon excessivement excessif amour envers toi, avec toi et en toi, plantureusement et excessivement, le simple flux de ma félicité, à proportion et suffisance de ce que tu es, que tu as et que tu possèdes à moi et en moi, pour ta pleine et entière satiété ; jusques à ce que, venant [*f. 287 r.*] et montant du Liban à moi et en moi qui suis ton Époux, de simple amour en simple repos, tu sois couronnée de l'abondance de mon flux bienheureux, remplissant de ma gloire et lumière essentielle et objective toutes tes puissances créées, pour jouir glorieusement de moi à pur et à plein, en la totale consommation de mon amour et jouissance en toi, pour être bienheureuse de moi et en moi, à cause et en cela que je le suis en plénitude de jouissance en moi-même et pour moi-même. Et si au passé tout présent, tu as été de moi et en moi si heureuse, que d'avoir si souvent mangé, en la force de notre commun amour, ton rayon avec ton miel (tu m'entends bien) tu me posséderas ici, en cet état présent, sans temps ni éternité, en la pleine et entière satiété et félicité de moi-même, en laquelle et par laquelle je te transformerai en moi, en consommation de gloire et d'amour séraphique, proportionnément au désir de mon amour éternel excessif à ton endroit, où et auquel tu seras moi-même en moi-même, en similitude de moi-même consommée en toi, par-dessus ma similitude.

43

Cela suppose et fait assez voir ma gloire consommée en toi, et la tienne en la mienne et de la mienne. De sorte que notre amour essentiel [*f. 287 v.*] perpétuera ma gloire essentielle en toi, à mesure et proportion de soi-même, en moi-même qui suis ton Époux tout consommant et tout surcomblant, et toi et toutes mes épouses faites divines en ma divinité consommante, totalement consommée en toi et en elles, en la surexcellence et la suréminence de ton état et du leur, fini en l'infini de moi et de toi, sans déchet ni préjudice de moi, hors de toi et de moi, en moi-même, tout bienheurant diversement à l'infini, en la stabilité et immobilité de moi-même et de ce que je suis, de mon heur et de ma gloire infiniment infinie pleinement suffisante pour la suprême félicité d'une telle nature que la mienne, de moi, dis-je, habitant et possédant pour moi-même, de moi-même et en moi-même la lumière et bonheur dû convenablement de tout point à ce que je suis, qui suis totalement digne de moi-même et de la possession entière de moi-même et de mon entière et totale félicité, qui se possède et que je possède en l'être humain de l'être divin que je suis, hors et par-dessus l'être humain et angélique et non-être divin et humain, faisant un seul et unique suppôt de nous deux en nous deux.

44

Et la vue et la science expérimentale que tu as déjà et auras très parfaitement de cela, en ton immobile subsistance en moi-même, jouissant de ce que [*f. 288 r.*] je suis et que je possède, et toi aussi jouissante de ce que tu es, que tu as et que tu possèdes et posséderas à pur et à plein, te surcomblera toute de mon bonheur, de ma félicité et déité, en ton propre être tout transformé en la suressentielle suréminence du mien tout ravissant, tout comblant et tout noyant, en la similitude de moi-même, par-dessus ma similitude.

Ainsi vois-tu, ma fille, comment et en quoi la jouissance que tu auras de moi en moi, et la jouissance réciproque que j'aurai de toi et en toi, est différente et éloignée d'état de surexcellence et de suréminence à celle que nous avons et que nous possédons l'un l'autre et l'un en l'autre en cette présente vie et en cette tienne mortalité.

45

Cela fait, ma fille et mon épouse, que je t'invite et te semonds, en l'ardeur très simple et très divine de nos très internes, très suaves, très profonds et totalement suressentiels embrassements très simples et très uniques de venir à moi du Liban, afin d'être couronnée [Cant., IV, 8] de moi en moi, de l'amour et de la gloire de moi-même, pour subsister de moi en moi-même, pour me posséder moi et ma gloire à l'infini, conformément au degré et état de ton suréminent et suressentiel amour, par lequel et en la force duquel nous nous tenons à plein voile et à pleine satiété également embrassés l'un l'autre, en la suréminente force [*f. 288 v.*] consommée duquel nous nous embrassons d'une tout autre manière et simple ardeur que jamais, par-dessus la pleine et totale consommation de toi en moi et par moi, au plein de notre infiniment appété et totalement possédé et totalement consommé égal, mutuel et réciproque plaisir, et totalement totale et pleinement pleine satiété de nous deux.

46

Et tu sortiras sans sortir, je dis de ma divinité, ou pour mieux dire, de notre divinité, pour voir et contempler moi-même en moi-même, à mesure et proportion de ton existence suressentielle possédée de toi et en toi, en l'amour et en la gloire consommée de moi-même, de laquelle, en laquelle et par laquelle tu seras uniquement unie à ton suprême centre, pour posséder en moi, en la plénitude même de ma félicité tant essentielle qu'accidentelle, la plénitude même de ta pleinement pleine félicité essentielle et accidentelle en la mienne et en la tienne. Tu m'entends bien sur tout ceci : et tous ces secrets de nous deux seulement sont à toi et à moi les plus profonds, les plus amoureux, les plus secrets et les plus intimes excès de nos réciproques amours, mais signamment du sien [*sic*] envers toi et en toi, où nous nous posséderons (comme je t'ai toujours dit) l'un l'autre et l'un en l'autre, en notre égal et réciproque amour, en notre égale félicité, égale, dis-je, comme tu le sais et l'entends bien.

47

Et puis, te dis-je, de mon humanité très suavement et en suprême plénitude possédée de toi, tu [*f. 289 r.*] rentreras en notre divinité, pour me posséder, toi en moi, en très profonde et très simple ardeur et très simple amour et de la très simple et profonde gloire fluant incessamment et suffisamment en plénitude de suffisance de moi en toi et pour toi. Et ainsi quelque part que tu ailles et que tu sortes, tu ne seras jamais sans moi et ma gloire ; et sortant sans sortir, tu rentreras en moi, en la même jouissance de moi-même et ma gloire, d'où tu n'auras jamais sorti.

48

Mais nonobstant cette vérité, ma fille, je te veux faire entendre le plaisir extrême que j'ai pris à la vue et à la déduction de tes profonds excès. Car, quand tu es morte en moi de joie et d'aise, en la force de mon amour excessivement excessif en ton endroit, tu n'as pas sollicité par tes cris pitoyablement amoureux (non pas même en mourant et expirant en moi) tes compagnes, mes épouses comme toi, ni même la nature angélique, à t'environner de fleurs et à t'appuyer de pommes, pour pouvoir plus longuement subsister en vie et en vigueur pour m'aimer convenablement et satisfactoirement au désir insatiable et affamé de ton appétit amoureux.

Ce tien excès, dis-je, d'amour passif par-dessus la passion et la surpassion, me force doucement à t'aimer plus que je ne te le puis faire comprendre, mais autant que je te le puis faire sentir en moi-même, par la très simple et continuelle vue que tu as de moi fluant en toi toutes les manières et du tout autrement [*f. 289 v.*] que je t'ai exprimé en tout ce notre commun déduit de notre amoureuse et réciproque jouissance l'un de l'autre.

49

Et tu ne te doutes pas, ma fille, mon épouse, que si tu eusses été capable de davantage et plus, je ne l'eusse fait en toi, et que je ne te l'eusse montré en moi. Mais quoi ? tu me vois tout nu et totalement, et tu me possèdes tout nu et totalement. Que te pourrais-je faire de plus et te montrer de meilleur que moi en tout moi-même, en la totale plénitude et étendue de moi-même, de laquelle étant uniquement perdue et totalement étendue, tu es moi-même en moi-même et possèdes moi-même en moi-même.

Ne sais-tu pas, o ma fille, mon épouse, que ma science, ma beauté et tout ce que je suis en moi-même s'est admirer [*sic*] de toi en admiration excessive en un temps, et pardessus l'admiration en un autre, et pour toujours elle s'est renforcée en la suprême force de notre affamé, conjugal et unique amour, et tu ne saurais ni ne pourras jamais en elle et par elle-même et par cela même qu'elle est ce que je suis, à l'ineffable ineffablement qu'elle est ce que je suis ; non, ma fille, tu ne pourras jamais, au grand jamais, parvenir à elle, étant contrainte de la posséder en moi, et moi en elle, et toi en moi, en très simple ignorance et très simple amour, surpassant infiniment toute la science de cela [*f. 290 r.*] même, en ce que je suis et en ce que tu me possèdes, adhérante nuement et simplement à moi en moi, par ce que nous sommes et que nous possédons en l'unique de nous deux, en la commune et unique jouissance objective l'un de l'autre.

50

Tu m'as grandement délecté de toi et en toi, o ma fille, mon épouse, sur ce que tu ne t'es point arrêtée à décrire et exprimer en tes excès ma beauté corporelle et extérieure en toutes mes parties, attendu que ce m'est assez que le très saint Esprit l'ait très suffisamment et amplement déduite en son accomplissement.

Mais toi, ma fille, tout ce que je suis dedans et dehors me fait voir t'avoir ravie pour jamais, tant de ce que je suis que de ce que j'ai fait et que je fais moi-même en moi-même, pour le commun bien, la commune jouissance et le commun repos de nous deux, en l'unique amour de nous deux, qui en la force de nos communs excès ne fait qu'un de nous deux en l'unique de nous deux. A cause de quoi tu es ma fille et mon épouse bien-aimée, en laquelle je me suis éternellement complu. *Viens, ma fille, viens, mon épouse, viens du Liban, viens, tu seras couronnée* [Cant., IV, 8].

Table

I

PRÉSENTATION

par Jean Perrin

I. L'auteur de l'« Épithalame » :
Jean du Moulin, dit Jean de Saint-Samson 9

II. Aspects littéraires 13
1. Le genre littéraire 13
2. Le texte : style et vocabulaire 17

III. Le contenu doctrinal 23
1. Union personnelle et histoire du salut 24
2. La vie dans l'union mystique 30
3. L'union personnelle dans le sacrement d'amour : l'Eucharistie 35
4. Extase et vision béatifique : le temps et l'éternité ... 37

IV. L'épouse amoureuse : prière et action 42
1. Prière d'union personnelle 42
2. L'action apostolique dans l'union personnelle 45

V. Du couple mystique au couple humain 47

II

ÉPITHALAME

Chant d'amour

de l'Époux divin et incarné et de l'épouse divine
en l'union conjugale de son Époux

Transcription en français moderne
par Jean Perrin

1. *Au lecteur* 51

L'épouse 55

2. *A l'amour passionné de l'Époux répond celui de son épouse, ravie et absorbée en lui* 55
3. *Un amour impossible à exprimer* 57
4. *Cet amour se proclame par lui-même et commande le silence* 59
5. *Amour partagé : l'Époux divinise son épouse ; en retour, celle-ci le comble de joie* 61
6. *L'expérience de cet amour enlève tout désir et moyen d'en parler* 62
7. *L'Époux divin a pris chair pour être semblable à son épouse* 64
8. *Que le Verbe se soit fait chair pour elle exalte l'amour de son épouse pour lui* 66
9. *Par revanche sur le péché, l'Époux a pris chair et se donne dans l'Eucharistie pour consommer l'union conjugale* . . . 68
10. *L'étrange vengeance : le Verbe, semblable à son Père, s'est fait semblable à ses épouses par la chair* 70
11. *La « vengeance » de l'épouse sera, à son tour, de se plonger en son Époux pour en être remplie et débordante*. 72
12. *L'épouse n'est pas enfermée dans son amour. Elle invite les autres épouses à chanter en chœur avec elle le cantique d'action de grâce à leur Époux divin*. . . . 74
13. *Aux prévenances de son Époux, l'épouse répondra par un assaut de générosité, mais elle sait d'avance qu'elle sera vaincue en amour* 75
14. *Le mariage divin fait entrer l'épouse au sein de la Trinité* 77
15. *Comment exprimer l'union avec l'Être absolu qui dépasse toute connaissance ?* 79

16. L'Époux se révèle en son épouse par la beauté qu'il lui confère. 81
17. L'épouse à faim et soif de posséder son Époux par l'Eucharistie qui la rassasie d'amour 82
18. Appel à l'Époux pour qu'il entre totalement en son épouse 84
19. L'Époux, présent à son épouse, l'enrichit en outre de ses grâces divines 85
20. L'amour de l'Époux consume totalement ses épouses 86
21. Consommer l'amour, c'est contempler l'Époux au plus intime de sa vie avec le Père et l'Esprit. 87
22. L'amour se vérifie à ses effets : il embellit et transforme profondément 89
23. La beauté de l'épouse reflète celle de l'Époux : elle proclame leur amour mutuel 91
24. L'amour appelle l'amour. Il excite le désir d'une fusion plus totale 93
25. L'épouse est séduite moins par la toute-puissance de son Époux, que par son amour, en particulier dans l'Eucharistie. 94
26. Malgré ses imperfections, l'épouse est « belle ». Sa beauté rayonne dans son comportement pour réaliser l'éternel dessein de son Époux 96
27. Brûlant et impatient désir de l'union définitive. 97
28. Comme fleurs en jardin, l'amour s'est épanoui. Dans la chambre nuptiale, entrons cueillir ses fruits 98
29. L'Époux comble son épouse à la mesure de son désir grandissant 100
30. L'épouse craint la sécheresse spirituelle. Cette épreuve la rendrait jalouse des faveurs accordées à d'autres épouses par son Époux 101
31. La séparation n'est pas à craindre car les époux ne font plus qu'un : union indescriptible, où tout est mis en commun 102
32. Cette union est un engloutissement dans un « unique » qui résorbe la différence et la distinction entre les époux. 105
33. L'épouse a souffert des absences apparentes de son Époux et de l'incompréhension cruelle de ses compagnes 107
34. Le cheminement de l'épouse s'éclaire par son terme : l'amour de son Époux la rend « divine-humaine » 109

35. Les ébats amoureux sur le lit de l'Époux et de l'épouse . . . 111
36. Fondue en son Époux, l'épouse se sent proche de mourir. . 112
37. Sous l'étreinte de son Époux, l'épouse connaît l'extase. Elle ne vit plus qu'en lui 114

L'Époux 115

38. L'Époux est arrivé à son but : il a fait cheminer son épouse jusqu'à la rencontre de son Créateur. Dès l'origine, il l'a destinée à trouver en lui « son repos et sa totale félicité » 115
39. L'amour de l'Époux n'anéantit pas la personnalité de son épouse 117
40. Ce que l'épouse n'avait pas, l'Époux le lui apporte, et elle s'est surpassée en s'écoulant en lui 119
41. Le bonheur de l'épouse est un rejaillissement sur elle de la béatitude infinie de son Époux 121
42. Dans l'au-delà, tu jouiras de moi sans obstacle ni limite, à la mesure du désir de mon amour éternel 123
43. L'épouse participera à la gloire de son Époux, gloire infinie de sa divinité, mais aussi de son humanité puisqu'il n'est qu'une seule personne . . . 125
44. Dans l'union de l'au-delà, l'épouse sera toute transformée en son Époux et elle en jouira de façon bien supérieure à son expérience ici-bas 127
45. L'épouse, déjà unie à son Époux dans la foi, est invitée par lui à être couronnée dans la gloire 129
46. La vision face à face de l'Époux et de sa gloire établira l'épouse dans une intimité personnelle, secrète et unique 131
47. En accédant à la pleine possession de l'humanité de son Époux, l'épouse recevra la participation définitive à sa divinité 133
48. L'Époux a été séduit par la tendresse et la docilité de son épouse. Il lui promet infiniment plus que ce qu'il a déjà donné 134
49. Dans la vision de la divinité de son Époux, l'épouse découvrira que toutes ses perfections n'en sont qu'une : elles sont son être, simplement Lui. Plénitude inépuisable pour elle ! 136
50. L'épouse ne s'est pas arrêtée à la beauté créée de son Époux, mais seulement à sa personne et son amour 138

III

ÉPITHALAME

Texte original

L'Épithalame de l'Époux divin et incarné
et de l'épouse divine
en l'union conjugale de son Époux 145

RÉALISATION : ATELIER GRAPHIQUE DES ÉDITIONS DE SEPTEMBRE, PARIS
IMPRIMERIE HÉRISSEY À ÉVREUX (EURE)
DÉPÔT LÉGAL : MARS 1997 - N° 30898 (76056)

Livre de vie

1. *Vie de Jésus*, par François Mauriac (de l'Académie française)
3. *La Nuit privée d'étoiles*, par Thomas Merton
4. *La Harpe de saint François*, par Félix Timmermans
5. *En mission prolétarienne*, par Jacques Loew
8. *Manuscrits autobiographiques*
   par sainte Thérèse de l'Enfant Jésus
9. *La Messe, approches du Mystère*, par Aimon-Marie Roguet
10. *Bernadette*, par Marcelle Auclair
11. *Problèmes de l'unité chrétienne*, par Roger Aubert
12. *L'Imitation de Jésus-Christ*
14. *Initiation à la prière*, par Romano Guardini
15. *Le Chemin de la perfection*, par sainte Thérèse d'Avila
22. *Introduction à la vie dévote*, par saint François de Sales
23. *Aspects de l'Église*, par Yves de Montcheuil
28. *Les Sacrements*, par Aimon-Marie Roguet
30. *La Bible et l'Évangile*, par Louis Bouyer
31. *Fioretti*. Suivi de : *Considérations sur les stigmates*
    par saint François d'Assise
32. *Essor ou Déclin de l'Église*, par Emmanuel Suhard (cardinal)
34. *Vie de Charles de Foucauld*, par Jean-François Six
35. *Correspondance* (P. Claudel, J. Rivière 1907-1914)
    par Paul Claudel et Jacques Rivière
36. *Dieu et Nous*, par Jean Daniélou (de l'Académie française)
39. *Celui qui cherchait le soleil*, par Henri Queffélec
42. *Journal d'une mission ouvrière*, par Jacques Loew
44. *Le Nouveau Testament*, par Émile Osty et Joseph Trinquet
45. *Sur la terre comme au ciel*, Théâtre, par Fritz Hochwalder
47. *La Lecture chrétienne de la Bible*, par Célestin Charlier
48. *Annonce de Jésus-Christ*, par Jean-Claude Barreau
50. *Vie du père Lebbe*, par Jacques Leclercq
52. *Initiation chrétienne*, par Louis Bouyer
53. *Pour une théologie du travail*
    par Marie-Dominique Chenu
57. *Pauvre et Saint Curé d'Ars*, par Daniel Pezeril
58. *La Prière du Seigneur*, par Romano Guardini
62. *Hymne de l'Univers*, par Pierre Teilhard de Chardin
63. *Récits d'un pèlerin russe*

65. *Éléments de doctrine chrétienne*, t. 1, par François Varillon
66. *Éléments de doctrine chrétienne*, t. 2, par François Varillon
68. *Pour une politique évangélique*, par Jean-Marie Paupert
70. *Lettres et Carnets*, par Charles de Foucauld
73. *Récits du temps de Pâques*, par Henri Queffélec
74. *Action, marche vers Dieu*, par Louis-Joseph Lebret
77. *Vie de sainte Thérèse d'Avila*, par Marcelle Auclair
82. *Je reste un barbare*, par Roger Boutefeu
86. *Les Paraboles de Jésus*, par Joachim Jérémias
88. *L'Engagement de la foi*, par Emmanuel Mounier
89. *Car ils seront consolés*, par Jeanne Ancelet-Hustache
92. *Histoire de Jésus*, par Arthur Nisin
93. *Évangéliaire*, Poésie, par Pierre Emmanuel
94. *Jésus de Nazareth le charpentier*, par Paul Gauthier
95. *Les Pères grecs*, par Hans von Campenhausen
96. *Les Pères latins*, par Hans von Campenhausen
97. *La Troisième Révolution. Psychanalyse et religion*, par Karl Stern
98. *L'Image de Jésus-Christ dans le Nouveau Testament*
par Romano Guardini
99. *Petit Dictionnaire de théologie catholique*
par Karl Rahner et Herbert Vorgrimler
100. *Une morale pour notre temps*, par Marc Oraison
101. *La Foi d'un païen*, par Jean-Claude Barreau
103. *Révolution dans la paix*, par Helder Camara
104. *Carnet de route*, par Jean Ploussard
105. *Les Chiffonniers d'Emmaüs*, par Boris Simon
107. *Nous autres, gens des rues*
(textes missionnaires présentés par Jacques Loew)
par Madeleine Delbrêl
108. *Comment se pose aujourd'hui le problème de l'existence de Dieu*, par Claude Tresmontant
111. *Je crois en Jésus-Christ aujourd'hui*, par André Manaranche
112. *Histoire de la mystique*, par Hilda Graef
113. *Le Milieu divin. Essai de vie intérieure*
par Pierre Teilhard de Chardin
114. *La Montée du Carmel*, par saint Jean de la Croix
115. *Le Mystère humain de la sexualité*, par Marc Oraison
116. *Initiation à l'Évangile*, par Aimon-Marie Roguet
117. *L'Essentiel de la foi*, par Max Thurian
118. *Morale de l'Évangile*, par Charles-Harold Dodd

119. *Jésus*, par Jean-François Six
120. *Lettre à un religieux*, par Simone Weil
121. *Les Manuscrits de la mer Morte*
par Jean Daniélou (de l'Académie française)
122. *La Prière de Jésus*, par un moine de l'Église d'Orient
123. *Jeanne d'Arc par elle-même et par ses témoins*
par Régine Pernoud
124. *Vie de Thérèse de Lisieux*, par Jean-François Six
125. *La Prédication apostolique et ses développements*
par Charles-Harold Dodd
126. *Mère Teresa de Calcutta*, par Malcolm Muggeridge
127. *Dynamique du provisoire*, par Roger (frère de Taizé)
128. *Le désert est fertile*, par Helder Camara
129. *Attente de Dieu*, par Simone Weil
130. *Amour et Silence*, par un Chartreux
131. *Dictionnaire du Nouveau Testament*, par Xavier Léon-Dufour
132. *La Joie du don*, par Mère Teresa de Calcutta
(prix Nobel de la paix)
133. *Alcide. Guide simple pour simples chrétiens*
par Madeleine Delbrêl
134. *L'Espérance qui est en nous*, par Dimitri Doudko
135. *L'Enseignement de Ieschoua de Nazareth*
par Claude Tresmontant
136. *Jésus, simples regards sur le Sauveur*
par un moine de l'Église d'Orient
137. *Le Fondateur du christianisme*
par Charles-Harold Dodd
138. *Votre très humble serviteur Vincent de Paul*
par André Frossard
139. *La Joie par l'Évangile*, par Marcelle Auclair
140. *Laissez-vous saisir par le Christ*, par Albert Peyriguère
141. *La Joie de croire*, par Madeleine Delbrêl
142. *Sur la souffrance*, par Pierre Teilhard de Chardin
143. *L'École de la prière*, par Antoine Bloom
144. *Douze Sermons sur le Christ*
par John Henry Newman
145. *Présence à Dieu et à soi-même*
par François de Sainte-Marie
146. *Traité de l'amour de Dieu. Livres I à VI*
par saint François de Sales

147. *Traité de l'amour de Dieu. Livres VII à XII*
par Saint François de Sales
148. *Les Femmes de l'Évangile*, par France Quéré
149. *La Messe*, par le cardinal Jean-Marie Lustiger
150. *Écrits spirituels*, par Élisabeth de la Trinité
151. *Traité de la vraie dévotion à la Sainte Vierge*
par saint Louis-Marie Grignon de Montfort
152. *Élisabeth de la Trinité*
par Hans Urs von Balthasar
153. *L'Amour fou de Dieu*, par Paul Evdokimov
154. *L'Expérience de l'amour fou de Dieu*
par Laurent de la Résurrection
155. *Épithalame, chant d'amour de Jean de Saint-Samson*
par Jean Perrin

Collection Points

SÉRIE SAGESSES

dirigée par Vincent Bardet et Jean-Louis Schlegel

Sa61. *Folle Sagesse*, par Chögyam Trungpa
Sa62. *Mythes égyptiens*, par George Hart
Sa63. *Mythes nordiques*, par R.I. Page
Sa64. *Nul n'est une île*, par Thomas Merton
Sa65. *Écrits mystiques des Béguines*, par Hadewijch d'Anvers
Sa66. *La Liberté naturelle de l'esprit*, par Longchenpa
Sa67. *La Sage aux champignons sacrés*, par Maria Sabina
Sa68. *La Mystique rhénane*, par Alain de Libera
Sa69. *Mythes de la Mésopotamie*, par Henrietta McCall
Sa70. *Proverbes de la sagesse juive*, par Victor Malka
Sa71. *Mythes grecs*, par Lucilla Burn
Sa72. *Écrits spirituels d'Abd el-Kader*
présentés et traduits de l'arabe par Michel Chodkiewicz
Sa73. *Les Fioretti de saint François*
introduction et notes d'Alexandre Masseron
Sa74. *Mandala*, par Chögyam Trungpa
Sa75. *La Cité de Dieu*
1. Livres I à X, par saint Augustin
Sa76. *La Cité de Dieu*
2.Livres XI à XVII, par saint Augustin
Sa77. *La Cité de Dieu*
3.Livres XVIII à XXII, par saint Augustin
Sa78. *Entretiens avec un ermite de la sainte Montagne*
sur la prière du cœur, par Hiérothée Vlachos
Sa79. *Mythes perses*, par Vesta Sarkhosh Curtis
Sa80. *Sur le vrai bouddhisme de la Terre Pure*, par Shinran
Sa81. *Le Tabernacle des Lumières*, par Ghazâlî
Sa82. *Le Miroir du cœur. Tantra du Dzogchen*
traduit du tibétain et commenté par Philippe Cornu
Sa83. *Yoga*, par Tara Michaël
Sa84. *La Pensée hindoue*, par Émile Gathier
Sa85. *Bardo. Au-delà de la folie*, par Chögyam Trungpa
Sa86. *Mythes aztèques et mayas*, par Karl Taube
Sa87. *Partition rouge*, par Florence Delay et Jacques Roubaud
Sa88. *Traité du Milieu*, par Nagarjuna

Sa89. *Construction d'un château*, par Robert Misrahi
Sa90. *Mythes romains*, par Jane F.Gardner
Sa91. *Le Cantique spirituel*, par saint Jean de la Croix
Sa92. *La Vive Flamme d'amour*, par saint Jean de la Croix
Sa93. *Philosopher par le Feu*, par Françoise Bonardel
Sa94. *Le Nouvel Homme*, par Thomas Merton
Sa95. *Vivre en bonne entente avec Dieu*, par Baal-Shem-Tov
paroles recueillies par Martin Buber
Sa96. *Être plus*, par Pierre Teilhard de Chardin
Sa97. *Hymnes de la religion d'Aton*
traduits de l'égyptien et présentés par Pierre Grandet
Sa98. *Mythes celtiques*, par Miranda Jane Green
Sa99. *Le Soûtra de l'estrade du Sixième Patriarche Houei-neng*
par Fa-hai
Sa100. *Vie écrite par elle-même*, par Thérèse d'Avila
Sa101. *Seul à seul avec Dieu*, par Janusz Korczak
Sa102. *L'Abeille turquoise*, par Tsangyang Gyatso
chants d'amour présentés et traduits par Zéno Bianu
Sa103. *La Perfection de sagesse*
traduit du tibétain par Georges Driessens
sous la direction de Yonten Gyatso
Sa104. *Le Sentier de rectitude*, par Moïse Hayyim Luzzatto
Sa105. *Tantra. La voie de l'ultime*, par Chögyam Trungpa
Sa106. *Les Symboles chrétiens primitifs*
par Jean Daniélou
Sa107. *Le Trésor du cœur des êtres éveillés*, par Dilgo Khyentsé
Sa108. *La Flamme de l'attention*, par Krishnamurti
Sa109. *Proverbes chinois*, par Roger Darrobers
Sa110. *Les Récits hassidiques*, tome 1, par Martin Buber
Sa111. *Les Traités*, par Maître Eckhart
Sa112. *Krishnamurti*, par Zéno Bianu
Sa113. *Les Récits hassidiques*, tome 2, par Martin Buber
Sa114. *Ibn Arabî et le Voyage sans retour*, par Claude Addas
Sa115. *Abraham ou l'Invention de la foi*, par Guy Lafon
Sa116. *Padmasambhava*, par Philippe Cornu
Sa117. *Socrate*, par Micheline Sauvage
Sa118. *Jeu d'illusion*, par Chögyam Trungpa
Sa119. *Cent Éléphants sur un brin d'herbe*, par le Dalaï-Lama
Sa120. *Tantra de l'union secrète*, par Yonten Gyatso
Sa121. *Le Chant du Messie*, par Michel Bouttier